個人革命

개인
혁명
Personal Revolution

조은준

북산

서문

개인혁명은 나 홀로 혁명이고
각자의 길을 위한 혁명이며 자기방식대로의 혁명이다.
개인혁명은 각 개인들이 삶을 창의적으로 만들어가는
제3의 길을 뜻한다.
개인혁명은 자신만의 길을 개척하는 생활혁명이며,
개인혁명의 반대는 남을 따라가는 삶이다.

여기 글은 새로운 길에 열광하는 사람들을 위한 글이다.
여기 글은 새로운 교육에 목말라하는 사람들을 위한 글이다.
여기 글은 새로운 '제3의 길'에 엄청난
호기심을 갖고 있는 사람들을 위한 글이다.
호기심 많고 상상력을 보석처럼 생각하는 소수의 사람들이
이 책의 독자가 될 것이다.
보편적이고 다수에 들지 않지만 불특정소수인 그들은
이 책을 통해 내 친구, 내 동료가 될 것이다.

이 글을 쓰기 시작한 것은 내 아이가 정규교육을 받기 시작했을 때부터였다. 작정하고 시작한 것은 아니었지만, 경쟁이 치열한 우리 교육 현장과 마주하고 보니 내 아이도 그렇지만 나 역시 고민이 생기지 않을 수 없었다. 아이와 학부모 모두 공교육이 갖춰야 할 건강한 가치와 이념을 불신하며 사교육 시장에서 허덕거리고 있었다. 나는 그때부터 경쟁일변도의 교육에서 벗어나서 스스로 교육혁명(그동안의 노력을 '개인교육혁명'이라 부르고 싶다)을 시도했다.

혁명이라고 해서 대단한 것은 아니다. 틀에 박힌 교육이 아닌 스스로 생각하고 스스로 깨닫는 창조적인 교육법에 대해 고민하고 사색하고 새로운 길을 찾기 시작했던 것이다. 그리고 교육은 사회와 밀접한 순환관계를 갖고 있으며 교육은 사회이고, 사회는 곧 교육이라는 것을 알게 되었다. 그리고 자연스럽게 우리 사회의 문제와 새로운 방향을 정리하고 기록하다 보니 매일매일 어쭙잖은 글쓰기가 쌓이기 시작했다.

사회의 여러 구석에 대해 탐구하고 비판하며 정의를 내려 보았다. 시간이 날 때면 사색과 명상을 하며 새로운 길을 고민했다. 이는 결코 쉬운 일이 아니었다. 하지만, 새로운 길을 가는 사람이 항상 필요한 법이라 생각했다. 나는 우리는 아이를 통해 사교육 일변도의 교육풍토를 따라 하지 않고 스스로의 길을 걸어가도 성공할 수 있다는 것을 증명해 보이고 싶었다. 결국 아이의 잠재력을 충분히 발굴해 끝까지 응원해주는 것이 부모의 도리임을 믿었기에 아이는 자기의 적성을 찾아 국제변호사가 될 수 있었다.

아이가 유학하는 동안 글을 쓰면서, 어찌 보면 아이를 통해 내가 더 많은 공부를 했다고 해야 맞는다. 사실 개인교육혁명은 모험이나 다름없었다. 아이에게 '적성과 행복'을 찾아주고자 시작한 유학게임(아이의 인생을 걸고 위험한 모험을 했으니 '게임'이라는 단어를 쓰겠다)이었지만, 십수 년간 간단치 않은 시간을 보내야 했다. 하지만 아이로 인해 우리 교육의 현주소를 알게 되었고, 사회의식을 새롭게 바라보게 되었다. 또한 '제3의 길이라는 것은 어떤 것일까?' 하는 생각으로 하나씩 깊게 고민했기에 삶과 인생에 대해서도 많은 것을 느끼고 깨달을 수밖에 없었다.

이 글이 누군가의 삶에 큰 영향을 줄 것이라고는 기대하지 않는다. 인생은 스스로 부딪치고 깨우친 끝에 얻는 것이 값진 것이기 때문이다. 다만 나는 내 경우를 들어 현실적인 고민과 번뇌에 빠진 사람들에게 조금이나마 돌파구 내지는 위로의 메시지를 건네고 싶을 뿐이다. '내가 하는 일은 어떤 사람들에게는 아주 좋고 강렬한 메시지가 된다'라는 등반가 로베르의 말처럼 이 책이 비록 소수라도 어느 누군가에게 위로와 용기를 전하고 공감하는 책이 된다면 나는 만족한다.

남이 가지 않은 길이란 항상 혁명적인 길이다. 그러나 혁명이 꼭 거대한 것만은 아니다. 이 글을 쓰는 가장 큰 의미는 바로 '혁명은 거창한 것이 아니라 보통 사람들에게 할 수 있는 보통의 단어'라는 걸 깨달았으면 한다. 혁명이란 말은 몇몇 혁명가에게 주는 타이틀이 아니라 '보통 사람들에게 돌려주어야 하는 희망과 용기'의 단어라는 것을 꼭 알려주고 싶다.

장르가 모호한 혼자만의 글이지만, 글이 독자들에게 쉽게 다가가길 바라며 평범한 사람의 글도 책으로 엮일 수 있다는 용기를 받았으면 한다. 오랜 시간 어려운 유학게임을 같이 해준 아내와 실제 유학을 성공적으로 이끈 아들에게 격려와 사랑을 전하며,

뒤에서 항상 믿고 응원해주신 부모님께 감사드린다. 이 책을 낼 수 있도록 큰 도움을 준 도서출판 북산의 편집자께 고마움을 전한다.

2018년 10월
조은준

차례

머리말

◇◇◇◇◇◇◇

/ 1장 /

인생_ 시간의 역사, 순간의 기록들

괜찮은 인생

괜찮은 인생이란
살아남아 있는 이들을 위해 무언가 남기고 가는 사람이다

나쁜 인생이란
살아남은 이들의 작은 것마저 빼앗고 가는 사람이다

인생은 잠깐 다녀가는 것이다

다 잘할 수는 없지만 적어도
좋은 모습 몇 장면은 남기고 가려 노력해야 한다.

행복의 두 얼굴

행복한 사람은
자랑을 행복이라 생각하지 않지만

거짓으로 행복을 행세하는 사람은
자랑하는 순간, 행복하다고 생각한다.

인생이란 모두 받아들이는 것

기쁨, 행복, 사랑, 성공, 행운, 영예…
고통, 슬픔, 미움, 좌절, 불행, 치욕…
이 모두가 하나로 어우러져 함께 흘러가는 게 인생이다
이 모두가 여러 색깔 그대로 합쳐져
나에게 왔을 때 거부하지 않고 받아들이는 것이 인생이다
고통과 행복은 늘 그렇게 함께한다.

성공신화의 사회학

$\Diamond$
$\Diamond$
$\Diamond$
$\Diamond$

대부분의 사람은 성공하지 못한다
극히 몇몇 사람만이 성공한다
그럼에도 사람들이 성공의 열망을 갖는 것은
어쩌면 로또처럼 이룰 수 있다는 자기최면인지 모른다
우리는 이것을 희망이라 부르고
모두가 희망을 잃지 말아야 한다며 한목소리를 낸다
이것이 '성공신화의 사회학'이다.

인생은 맞추기 어려운 퍼즐

인생은 모든 사건이 운명이고
사건이 모여 운명의 퍼즐이 된다
생각처럼 마음먹은 대로 맞춰지는 것이 아니다

알 수 없는 게 내일이고
알 수 없는 게 인생이다
최초의 생각과는 달리
새옹지마가 되는 퍼즐이 인생이다
빨리 맞추려 한다고 맞춰지는 것이 아니다.

인생이란 우여곡절迂餘曲折의 연속이며
인생에서 새옹지마塞翁之馬를 깨닫는 것, 그것이 인생의 묘미이다.

인생이란 〈새옹지마〉 · · ·

#006
일상의 퍼즐이 모여 완성되는 인생

매일 일상의 퍼즐을 맞춰나가는 것이 인생이다
어떤 퍼즐을 어떻게 맞추어 나갈 것인지
호기심으로 맞춰 보는 것이 인생의 재미다
전체적인 그림을 머릿속에 넣으려고 해야만
제대로 퍼즐을 맞추어 갈 수 있다
멀리 내다보아야 한다
인생을 분해하면 수많은 일상의 퍼즐이 된다
오늘이 퍼즐의 한 조각이 될 수 있도록
하나씩 맞추어가는 재미이다
일상의 퍼즐이 모여
인생의 크고 재미있는 그림이 만들어진다
일상이야말로 인생의 중심이요, 역사의 중심이요,
개인사의 중심이다.

불확실성에 던져진 인생

◇
◇
◇
◇

인생은 '배짱'으로 살아야 한다
도전과 모험투성이 기 때문이다
미래의 불확실성에 몸을 던져 그 결과를 기다리는 것이다

미래를 호기심으로 바라보는 자만이 몸을 던질 수 있다
불확실성에 몸을 던지는 '재미'를
느끼는 자이기 때문이다
모험과 함정과 기회가 범벅된 인생에
태어났다는 그 자체가 용기이다
물론 내가 선택한 용기는 아니었지만 말이다.

남들은 이것을 미쳤다고 하고 우리는 이것을 용기라고 부른다.
포르쉐 광고 <미친 용기> …

인생은 행복보다 묘미다

한쪽 팔을 힘차게 올렸다 내리면
다른 팔이 올라간다
한쪽 다리를 힘차게 위로 올려 찼다 내리면
다른 쪽 다리가 힘차게 올라간다
내려오고 떨어지는 힘의 에너지가 있어야
올라가고 상승하는 에너지가 커진다
슬럼프가 있어야 극복 에너지가 생성되듯이
절망과 좌절은 희망과 극복의 어머니다
한쪽의 정점이 반대편의 정점을 오히려 도와
에너지를 생성시키는 현상은 인생과 닮아있으며
그것이 인생의 묘미이다
인생은 행복보다는 묘미를 추구하는 편이
인생의 성질과 본질에 맞다.

천천히 가자

어차피 언제 끝날지 모르는 게 인생이다
느리게 걸으면서 현재의 시간을 음미하고 즐겨라
조급해할수록, 서두를수록
빨리 늙고 아픈 곳도 많이 생긴다
컨디션과 페이스를 유지하는 것이
오래 건강하고 오래 승부하는 길이다.

강자만이 살아남는다

강자란
인생의 역경을 받아들이는 자이며
자신을 힘들게 하는 상황이나 사람도 받아들이는 자이다

인생이란
우리의 혼이 육체를 얻어
역경을 겪어보라고 훈련을 위해
신이 우리의 혼에 명령한 것이다
강자란 이 우주의 뜻을 기꺼이
받아들이며 즐기는 자이다.

인생은 출렁이는 바다

행복하다가도 절망에 빠지고
불행하다가도 한 줄기 빛을 발견하는 게 인생이다
행복과 불행, 절망과 극복이 뒤섞여 있는 것
그것이 인생이다
뒤죽박죽 섞여 있는 상태, 그것이 인생의 참모습이다
끊임없이 출렁거리는 바다처럼
끊임없이 균형을 잡아야 하는 게 인생이다
단단히 고정된 곳 위에 서 있다고 생각하지 말라
인생은 단단하고 견고한 지반이 아니다
그렇게 생각하면 조금만 출렁거려도
어지러워 지탱할 수 없다
인생은 항상 출렁거리는 것이다
인생은 출렁이는 바다를 항해하는 것이다.

엎치락뒤치락하며 사는 게 인생이다

조급해하지 말고 초조해하지 말라
세상의 일들은 끊임이 없고
언젠가는 모두 해결된다
그러니 서두르지 말라
천천히 나아가라.

이젠 인생을 두 번 다시 행복이냐 불행이냐로 나누지 않을 겁니다
인생에는 그저 의미가 있을 뿐입니다
단지 인생의 엄숙한 의미를 음미하면 된다고 생각하면 용기가 생깁니다.
고시다요이에의 만화 〈자학의 시〉 중에서···

누구도 이르지 못하는 길

구도의 길은 니르바나NIRVANA에 이르는 길이다
그러나 그 누구도 니르바나에 이르지 못한다
해탈의 경지에 갈 수 없다
다만 그곳에 이르는 길을 더듬을 뿐이다
이르지 못할 길을 가는 것이 인생길이요
이르지 못하는 그 자체가
인생길 위에 놓여 있는 인간의 상태이다.

가시도 먹어야 하는 것이 인생

인생이란 생선살만 발라 먹는 게 아니라
가시와 살을 통째로 먹으며 살아가는 거다
살만 발라먹는 인생은
언젠가 가시가 목에 걸리는 법이다.

한 많은 인생은 분명 안 좋은 인생이다
그렇다고 해서 한이 하나도 없는 인생이 좋은 인생이 되는 건 아니다.
〈정답 없는 인생〉 …

인생이란 실험의 연속

$$\Diamond$$
$$\Diamond$$
$$\Diamond$$
$$\Diamond$$

인생이란 다른 사람의 궤적을 관찰하는 것이 아니라
바로 나, 내 몸을 추진시켜
내가 어떠한 궤적을 그리는지 스스로 관찰하는 것이다.

인생이란 게임일 뿐이다

이기는 게임도 있고, 지는 게임도 있고,
비기는 게임도 있다
졌지만 재미있는 게임도 있고,
졌지만 이긴 것 못지않게 자랑스러운 게임도 있다
이겼지만 기분 나쁜 게임도 있고,
이겼지만 사실은 진 게임도 있다
중간에 포기해야 하는 게임도 있고,
끝까지 마쳤어도 후회가 생기는 게임도 있다
평생 승리로 일관하다 마지막에 대패하는 게임도 있고,
평생 지기만 하다가 죽은 후에 승리하는 게임도 있다
그저 인생이 게임일 뿐이라고 생각하면서
자신이 속한 게임이 무엇인지
침착하고 냉철하게 관망하면서 살아가는 것이
인생이라는 게임을 대하는 사람들의 자세이다.

착각해서는 안 되는 것들

◇
◇
◇
◇
◇

1. 죽을 때까지 득도할 수 없다.
2. 돈을 아무리 벌어도 만족하지 못한다.
3. 건강을 장담하지 못한다.
4. 위험을 벗어날 수 없다.
5. 목숨은 끝이 있지만 사는 것은 끝이 없다.

인생은 도박

선을 많이 행하면 복이 들어오고
베팅을 잘하면 돈이 들어온다
그러나 선한 일을 많이 한다고
돈이 들어오는 것은 아니며
베팅을 잘했다고 복을 받는 것은 아니다
안정을 추구하며 살면
출렁거리는 삶의 위험은 줄어들지만
부를 쌓을 수는 없으며
베팅하는 인생은 부를 쌓는 기회를 만날 수는 있으나
항상 기복이 큰 삶의 위험을 감수해야 한다
인생이 우리를 힘들게 만드는 것은
성공적인 삶에 항상 도박적인 요소가 따르기 때문이며
그것은 반드시 리스크와 같이 간다는 점이다.

인생이란 견해차이의 결과물

◇
◇
◇
◇

인생은 각자의 견해차이요

인생의 결과도 각자의 견해차이의 결과이다

어떤 견해를 택해 그 길로 가는 것

그것이 각자의 인생이다

그 견해 차이를

우리는 '인생관'이라 부른다.

성공은 일이 잘 풀릴 때 오는 것이 아니라 위기 때 찾아온다. 위기를 넘으면 큰 성공이 기다린다. 똑같은 도전은 반복되지 않는다. 도전의 산을 넘으면 늘 새로운 위기가 기다린다. 그리고 큰 도전은 언제나 어렵고 막막하지만 큰 결과를 만들어낸다. 큰 도전은 사람들을 크게 성장시키고 나중에 오래 함께 나눌 수 있는 이야기들을 남긴다.

변대규, 휴맥스 회장 〈성공은 위기 때 찾아온다〉 중에서…

낙담하지 않는 인생

지기는 싫겠지만
지는 게 인생이다
그렇지만 최후의 승자도 없는 게 인생이다
크게 낙담하지 말라.

나는 멸종했다. 아들놈은 전쟁터에서 죽고
한 녀석은 미치광이가 됐고 동생들도 모두 맞아 죽었다.
1959, 마오쩌둥 〈중국인 이야기〉 중에서···

인생의 음미는 관전 포인트

인생은 새옹지마의 반전 드라마가 관전 포인트다
부유함과 쾌락이 아니라
성공까지의 길고 굴곡진 여정이 관전 포인트다
꼭 성공이 아니더라도 목표점을 향하여
간단치 않은 역경을 극복하며 나아가는
반전을 이루는 스토리이다
인생은 자신이든 남이든 관전 포인트를 보며
흐뭇하게 사는 것 그 자체다
인생 여정의 끝에 도달하는 곳에서
의미가 비로소 찬란히 나타나는
그래서 명백히 끝이 있는 그런 것이 아니다
과정과 스토리, 특히 반전의 스토리 자체를 즐기는 것이
인생의 의미이다.

인생이라는 길은 고속도로가 아니다

때로는 가다가 길이 끊겨
건너뛰지 않으면 안 되는 것이
인생의 길이다
어느 때는 밧줄을 타고 올라가지 않으면
갈 수 없는 것이
인생의 길이다.

산다는 건 원래 그런 것
작은 행운과 불운이 거듭되며 오늘과 비슷한 날들이 이어지는 것.
코엔 형제의 음악 영화 〈인사이드 르윈〉 중에서···

인생은 빠르면서도 느리다

인생은 빠르게 흘러가는 시간의 계획과
느리게 흘러가는 시간의 모색이 필요하다
순식간인 세월의 속도에 놀라기도 하지만
약속이 늦어 버스를 기다릴 때는
몇 분조차 몇 시간처럼 느껴지는 것이
인생의 시간이다
인생의 모든 계획과 모색에는
항상 여유가 바탕이 되어야 한다.

신이 내린 까다로운 숙제

인생은 화두로 꽉 차 있다
살면서 끊임없이 생기는 문제와 사건들이 모두 화두이다
이것을 어떻게 해석하여 받아들이고
어떻게 해결할지가 모두 화두이다
어떻게 보면 재미있기도 하고
어떻게 보면 무척이나 어렵고 힘들다
분명한 것은 인생은 신이 내린
매우 까다로운 숙제라는 점이다
우리는 이 까다로운 숙제를 풀려고 애를 쓴다
그러나 이 숙제가 까다롭고 가장 어려운 이유는
답이 없다는 사실 때문이다
그래서 인생은 답이 아닌 과정인지 모른다
답을 찾으려 하면 오리무중이고
과정을 즐기려 하면 비로소 답이 나오기 때문이다.

인생, 무수한 장면의 연결

장면장면은 다시 다른 장면으로
자꾸 넘어가서 영화가 된다
각자가 장면장면을 연출하는 영화감독이다
장면들을 어떻게 연결해
어떤 영화를 만들 것인지는
영화감독 각자의 몫이고 의지이다.

체념은 후일을 위한 겸손한 에너지

웃음전도사가 남몰래 눈물짓고 행복전도사가 남몰래 괴로움에 몸부림치는 게 인생이다. 목소리만큼 자기상황이 안 따라줄 때가 있는 것이 인생이다. '수많은 변수 속에서 어떻게 자기를 보존할 것인가?'가 인생의 기술인데 이 기술의 핵심은 자신의 엄청난 에너지를 키우는 것이 아니라
체념의 기술을 터득하는 것이다. 체념은 비우는 것이고 버리는 것이고 공空으로 돌아가는 것이다.

역경에 처했을 때 자신의 의욕에서 나오는 끓어오르는 에너지가 아니라 체념이라는 가라앉는 에너지로 극복해야 한다. 인생의 변화무쌍한 상황에 대하여 자기 힘만으로는 어쩔 수 없는 불가항력인 경우가 허다하다. 이럴 때 체념의 에너지로 쉬어가면서 극복해야지 솟아오르는 에너지로 달려들면 때로 파멸할 수도 있다.

체념은 일단 쉬어가는 것이다. 결코 완전히 포기하는 것이 아니다. 체념은 쉬어가면서 차근차근 쌓아 가는 에너지다. 체념의 에너지는 버거운 상황에 마구 달려들지 않고 우회하며 후일을 도모하는 겸손한 에너지다.

체념을 더 이상 경멸하지 말라. 체념은 역경을 헤쳐 가는 창의적인 도구로 재발견하고 사용하라.

충분한 Relax, 현실의 승자

인생이란 만인과 만사,
그리고 개인의 자유와 상치되는 시스템과의 투쟁이다
매일의 투쟁일 뿐 그 이하도 아니다
휴식도 투쟁 속의 잠깐의 휴가일뿐이다
그러니 매일 상처받는 것은 일상사!
전투 중의 부상이 일상사인 것처럼
내가 상처받고 있다는 것이 바로 살고 있다는 증거이다
현실직시는 바로 현실이 전쟁이라는 인식이다
상처받지 않고 살려는 욕심은 아예 버려야 한다
삶은 이러한 생각을 나에게 주문하고 요구하고
나는 매일 이를 실천해야 한다.
Relax도 격화된 전쟁 속의 잠깐의 소강상태요 휴식일 뿐
언제든 다시 전장으로 돌아올 준비를 하고 쉬어야 한다
또한 그만큼 귀중한 시간이므로

충분한 Relax를 즐겨야 한다
매일 투쟁의지를 결연히 다지며
게릴라식 휴식을 감행하며
인생이라는 전장에서 부상당할지라도
패배하거나 전사하거나 포로가 되지 않고
반드시 승리하여 성취감을 갖고
삶의 마지막을 마감하도록
전사로서 불같은 투지를 다하며 살아야 한다.

당신을 위한 맞춤세상은 없다

가끔은 세상 밖으로 나와서 세상을 굽어보라
때로는 세상의 목소리로부터 자유로워져 세상을 들어보라
세상은 당신의 목소리에 귀 기울여 주는 곳이 아니다
어떤 세상도 당신을 위한 맞춤세상은 없다
당신의 인생은 당신이 맞추어야 한다
세상이란 기성복에 당신을 맞추려 하지 말라

당신의 인생은

당신의 생각으로
당신의 방식으로
당신의 그림으로

맞추어가는 것이다.

작은 깨달음조차 업적

업적이 없으면
인생 그 자체로 하나의 커다란 스트레스 덩어리일 뿐이다
업적이란 근사한 성공만이 아니고
작은 마음의 깨달음이나
작은 기부나 보시도 모두 업적이다

인생의 세 가지 묘미

첫째, '도전'이라는 위험을 감행하는 스릴과 재미를 준다.

둘째, '반전'이라는 결과를 뒤집는 묘미를 준다.

셋째, '분전'이라는 큰 소득이 없어도 꿋꿋하게 헤쳐나가는 감동을 준다.

내가 하는 일은 남들이 모르는 걸 아는 거야!
〈셜록 홈스〉 …

인생이 즐거워지려면

이제껏 한 번도 겪어보지 못한 사건이
생기는 게 인생이다
그것을 헤쳐나가는 기술이
인생의 수완이다
인생의 수완이 늘어가는 것 또한
인생의 즐거움이다.

인생이라는 장엄한 오케스트라

인생은 자신의 역량과
주어진 환경을 이용하여
총체적인 연주를 이끌어내는 오케스트라다
여기에 현재와 미래의 시간이 어우러져
시간을 통합하고 삶을 아우르는
시간의 역사가 만들어내는 장엄한 오케스트라다.

인생 마라톤에 필요한 것들

1. 빚을 과도하게 지지 않는다.
2. 운동으로 강인한 체력을 연마한다.
3. 무슨 일이든 초조해하지 않고 침착하게 실행해나간다.
4. 기다림의 미학을 즐긴다.
5. 가족과의 화목과 안정을 기원한다.
6. 매일 매 순간의 일상을 즐기려는 낙관적 태도를 갖는다.
7. 역동성으로부터 나오는 자신감과 쾌적감을 즐긴다.

/ 2장 /

욕심_ 타인 안에 들고 싶은 약자의 모습

생물학적 반응, 자연의 섭리

일상의 사소한 고민이나 화를 돋우는
모든 자질구레한 자극은
사실 심각하게 고려할 만큼 큰일이 아니다
단지 내 몸 안의 세포가 외부 자극에 대해
생물학적으로 반응하는 것일 뿐
대단한 일이 아니다
자아와 자신의 생물학적 모습을 분리해서 생각하라
그래야 자질구레한 것에 반응하는 내가
자아가 아닌 내 몸 안의 세포가
반응한다는 것을 깨닫게 된다
내가 생물이기 때문에
자극에 대한 반응이 있는 것이고
이 또한 자연의 섭리이리라.

번뇌와 득도를 통해 깨닫다

매 순간 끊임없이 솟는 잡념과
집착, 미움, 상념, 고뇌 또한 인간정신의 모습이다
이것을 자연현상으로 받아들이는 것
그것이 道의 길이요, 내공의 길이다
죽기 전까지 계속되는 것이 번뇌다
죽어야만 번뇌가 끝난다는 사실을 받아들이는 것
이것이 깨우침이요, 득도이다
번뇌에서 벗어나려고 하는 것이야말로
또 다른 번뇌의 시작이다
번뇌를 운명으로 받아들이고
자연의 일부인 인간이 경험해야 하는
자연현상으로 받아들이는 것
그것이 깨달음이다.

부자의 돈으로 행운을 사지 못한다

돈이란 많이 쓰면 파산하고
너무 안 쓰면 구두쇠가 된다
남에게 적절히 쓰면 보람된 인생을 살 수 있지만
남을 위해 너무 많이 써도 문제가 된다
부자란 인생이 도박이라는 것을
잘 아는 운이 매우 좋은 사람들이다
부자란 돈에 관해 운이 좋다는 것이지
부자라서 돈 이외의 다른 운명까지
행운으로 바뀌는 것은 아니다
돈도 모든 사물의 흐름처럼
어느 극단에 다다르면 반전과 역전이 있게 되며
강한 세력도 언젠가는 약해지는 것처럼
돈이 많은 권문세가도
언젠가는 쇠약해지기 마련이다.

세상의 스승

◇
◇
◇
◇
◇

나의 의지와 반대되는 상황 모두가 나의 스승이다
왜냐하면 그 모두가 나를 더욱 겸손하게 만들기 때문이다
반대되는 그 모두를 받아들여라
겸손해지면서 마음의 평안을 얻을 것이다.

세상의 위로를 기대하지 마라

우는 것은 세상에 대해 응석을 부리는 것이다
세상이 너를 보듬어주고 편안하게 하리라
기대하지 말라
세상은 헤쳐나가고 싸워나가는 것이지
세상은 어머니가 아니다
세상에 대해 바라지 말라
세상은 이겨내는 것이지
세상은 엄마 품이 아니다
세상에 대해 응석 부리지 말고 울지 마라.

욕망의 해결은 욕망의 조절

욕망의 해결은
결론부터 말하면 '욕망의 조절'이다
욕망만을 따라갈 수도 없고
욕망을 없는 것처럼 버려둘 수도 없다
그럼 어떻게 욕망을 조절할 것인가

욕망은 어떻게 억제하느냐가 아니라
욕망은 다루기 어렵다는 사실을 받아들이는 것이며
그 상태를 유지하는 것이다
인간은 항상 욕망의 양극단 속에서
어느 쪽을 선택할 것인가를 고민하는 존재다
그 작업은 일생 내내 계속되어 인간을 괴롭힌다
고뇌는 양극단 중 어느 한쪽을 선택하려는 데서 비롯된다
양극단의 한쪽을 선택하려 들지 말고

그 어느 쪽에도 치우치지 않고
또 다른 쪽도 무시해 버리지 않으며
그렇게밖에 할 수 없는 상태를
'인간의 조건'으로 받아들이는 것이며
그것이 정상이라는 것을 인식하는 것이다
한마디로 이쪽도 아니고 저쪽도 아닌 것이다

갈팡질팡이란 어느 한쪽을 택하려다
다른 한쪽을 바라보며 망설이는 모습인데
결국 답은 '갈팡질팡'이 아니라
'왔다리갔다리'이다.

#040
몸의 관성을 확인하라

사실 화풀이의 결과는 매번 좋지 않다
화풀이할 때 처음 잠깐 무아의 지경에 있을 뿐
결과는 오히려 손해가 크다
분노할 때 분노를 계속 유지시키고 싶은 게
인간의 본성이다.
이때 크게 심호흡하며 몸 밖으로 나와
분노의 관성에 얽매여 있는 자신의 몸을 바라보고
분노를 멈추도록 자신을 타이르고 권고하는 것이 옳다.
분노를 유지하고 싶은 몸의 본성의 흐름을 바꾸어
분노를 자제하는 새로운 힘을 느끼고
즐기는 방법을 사용하는 것이다.

화를 내는 것은 남는 장사가 아니다

분노를 표출하는 것은
그때 한순간 잠시
자신의 마음을 속 시원히 만들고
자신의 내면에 솔직하게 표현했다는 사실일 뿐
그 다음부터는 계속
후회의 연속이며 사과의 연속이다
결국 화를 낸다는 것은
마음을 후련히 비우는 카타르시스,
잠깐의 정신적 플러스이다
이후에는 계속 마이너스 요인들의 연속이다
한마디로 남는 장사가 아니다
남는 장사가 아닌 이상
애초부터 화를 내지 않는 게 상책이다.

욕심 약자의 모습

욕심이 많은 사람은
멘탈이 약한 사람이다
다른 사람들을 따라 하다 보니 욕심이 생기고
다른 사람들과 경쟁체계 안에 있을 때 안전해지기 위해서
다른 사람들보다 욕심을 많이 갖기 때문이다
경쟁체계라는 것은
욕심과 욕망, 탐욕이 핵심인 세계이며
그 체계 안에 있을 때 안심하게 된다
자기 스스로의 체계가 없고
다른 사람들의 체계 안에서만 안주하게 되는
멘탈이 무척 약한 사람인 것이다.

당신이 당신에게 보내는 경의

◇
◇
◇
◇
◇

지금 당신에게 닥친 위기와 악조건을
당당하게 맞설 수 있는 힘은 어디서 나오는 것일까?
그것은 당신이 과거에 당했던
모욕과 치욕의 순간이라고 생각했던
그때의 어려움을 견딘 힘이다
당신이 그토록 묻어두고 싶어 했던 그때의 치욕과 모욕은
지금 당신이 닥친 위기에 당당하게 맞서는 힘이 되었다
그러니 그때의 모욕과 치욕에 감사하라
그것들은 당신에게 강철의 칼과 방패를 주었노라
그것들은 강철 전사와 같이 설 수 있는 당당함을 주었노라
그것들은 사실은 당신을 사랑했고 아꼈다
앞으로도 그들이 다시 오더라도 의연히 경례를 해주라.

성공도 실패도 할 수 있는 법이다

나에게 항상 성공만이 오라는 법은 없다
나에게 실패가 오더라도 실패를 받아들일 수 있어야 한다
다만 그 실패가 너무 추락하지 않도록
최선을 다하고 그 실패를 딛고 만회하여
역전할 수 있도록 자신을 다잡고
다져나가는 것이 중요하다.

움직이지 않기가 산과 같다

자기 운을 기다려야 한다
세상만사 자기 뜻대로 되는 것이 아니다
자기가 능력이 걸출해도 시운이 따라주지 못해
몰락한 사람이 한두 사람이던가
시운이 따르지 않을 때
자기 힘만 믿고 밀고 나가지 말고
자기운이 들어올 때까지 기다리는 것도 능력이다
이승에서 그 운이 오지 않을 것 같으면
다음 세대를 기다려라
다음 세대에도 운이 오지 않는다면?
그 다음다음 세대를 기다려라
자기가 이승에 없는 시절도 기다려라

기다리는 게 인생이다

운이 안 따라 실패하느니
움직이지 않는 게 훨씬 이익이 되리라
칠전팔기하는 사람은 여덟 번째 운이 들어오는 사람이요
칠전팔기해도 운이 안 따르면 팔전팔패다
칠전팔기를 믿을 게 아니라
자기운도 생각하면서 도전할 줄 알아야 한다.
움직이지 않는 것도 실력이다
기다리면서 체념하는 것도 잠재력이다
손자병법의 '움직이지 않기가 산과 같다'를 심념하라.

운명이란 세상을 받아들이는 것

나쁜 것도 받아들여야 한다
내가 있어 나쁜 것도 있는 것이고 생기는 것이다
나쁜 일이 생기는 것보다 더 나쁜 건
내가 이승에 없어, 나쁜 것도 더 이상 없는 것이다
세상엔 좋은 일도 나쁜 일도 있는 것이다
그 모두가 섞여 있는 게 세상사고 인생이다
내가 인생이란 운명을 받아들인다는 것은
나쁜 것, 좋은 것 섞여 있는 세상을 받아들이는 것이다
좋은 일만 있는 게 인생이라면
그 무슨 의미라는 게 있겠는가
의미란 좋은 일과 비교해서 나쁜 일에 대해 성찰할 때
생기는 결과물이 아니던가.

미묘한 인간사

돈의 입장에서 보면 '돈이 다다'가 맞는데
'돈이 다가 아니다'라고 항변하는 게 이상할 것이다.
돈 앞에 누구든 무릎 꿇는데,
왜 '돈이 다가 아니다'라고 수근대는가.

왜냐하면 돈은 많은 것을 할 수 있지만, 가장 중요한 마음의 소통은 돈으로 어찌할 수가 없다는 사실 때문이다. 돈의 입장에서 보면 통탄한 일이다. 무엇이든 돈으로 해결할 수 있으나, 마음을 돈으로 살 수는 없다. 설사, 마음까지도 돈으로 샀다 하더라도, 마음과 마음의 소통은 돈으로 살 수 없다.

세상사는 그런 부분이 있는 것이고 그것이 미묘한 인간사의 기묘한 점이다.

고민을 없애려면

끝없이 피어오르는 고민과 잡념! 어떻게 할 것인가
방법은 짐승들을 풀어놓아 방목하듯이
피어오르는 대로 놓아두었다가
나중에 자연스럽게 푸는 것이다
애초부터 고민을 원초적으로
없애려는 자체가 큰 스트레스다
그것은 거대한 우주의 섭리에 도전하는 것이다
그건 불가능한 일이고 도전해서도 안 되고
도전할 필요도 없다.

고뇌란 인생의 입장권이다. 그러나 몸에 대한 애착을 버리면 고뇌는 줄어든다.
모든 고뇌가 다 자기에 대한 집착에서 비롯된다.
몸을 시험하고 몸에 대한 미련을 버려야 한다.
〈고뇌란 인생의 입장권〉 · · ·

욕심은 도구가 되지 못한다

욕심을 버리면
자신의 경쟁력이 떨어질 것이라 걱정하지만
욕심을 버리고 살아도
경쟁력이 떨어지지 않는 사람들이
꽤 많다는 사실을
잊지 말아야 한다.

용기와 포용

◇
◇
◇
◇

위험, 스트레스, 두려움 같은 것들은 필요악이다
필요악이란 존재하지 않았으면 좋았을 것들이
존재함으로 유익하게 되는 존재이다
어떤 이는 말한다
오늘의 성공을 만든 것은 두려움이라고
또 어떤 이는 말한다.
두려움은 공포가 아니라
판단이 흐려지지 않도록 나를 잡아주는 것이라고
이처럼 인생에는 여러 필요악들이 있다
이런 인생의 훼방꾼 같은 것에서
오히려 영감을 얻고 그것을 화두로 삼아
자신의 길을 개척하고
인생길을 위한 수완을 더욱 연마시키는
기회로 삼도록 해야 한다

중요한 것은 두려워하지 않고 오히려 두려움에 맞서고
때론 두려움도 포용하는 불굴의 용기가 필요하다
인생이 어려운 것은
엄청나게 다양하게 그리고 다발적으로
위험이 존재한다는 점이다
이것을 어떻게 넘어서고 해결하느냐가
인생의 관건이다
그것에 대한 해답은
용기와 포용이다.

거스를 수 없는 것, 순환의 사랑

우리 모두 태어난 어딘가로 돌아간다
죽기 전의 노년에는 어린 시절로 돌아가고
죽어서는 알 수 없는 또 다른 세상으로 돌아간다
노년 부모님의 모습에서
어린 시절로 돌아가고 있는 한 인생을 본다
젊은 시절은 어디론가 흘러가 버리고
머리에 하얗게 서리가 내린 부모님을 보며
어린아이와 닮아가는 부모님을 생각하니
어린 자식 같은 애틋한 사랑이 몰려온다

어릴 때 나에게 주신 부모님의 사랑을
이제, 돌려드려야 할 시간이다.

관계를 오래도록 유지하는 비결

모든 관계는 피로 해진다. 아무리 행복하고 좋았던 관계들도 모든 사물처럼 시간이 흐를수록 낡아진다. 부부관계도 마찬가지다.

그러나 사람들은 피로하고 지친 관계를 처음으로 되돌리는 것을 해결책으로 생각하지만 그것은 오류이다. 오히려 피로하고 지친 관계를 인정하고 그 관계를 격려하며, 지친 관계에서 서로를 해방시켜주어야 한다.

그 길은 서로에게 너무 많은 것을 요구하지 않는 일이다. 많은 것을 상대방에게 요구하는 것은 피로한 관계를 더욱 쇠약하게 만든다. 낡은 중고차를 있는 대로 힘껏 액셀을 밟아가며 달리다 보면 금방 부서져버린다.

오래된 관계도 아기처럼 보살피고 다독거리며, 무리하게 달리지 않는 것이 관계를 오래도록 유지시키는 비결이다. 무엇이든지 마구 몰면 부서지기 쉽다.

관계는 인간의 영원한 숙제

살아가면서 우리는
장기를 죽을 때까지 한 번도 보지 못한다
나의 뇌와 나의 심장을 보지 못하지만
그것들은 지금 나를 작동시키는 중요한 사령부다
나의 내면도 마찬가지다
어렴풋하게 그림자와 형체를 볼 수 있을 뿐
실제 어떻게 생겼는지 알지 못한다
나도 나를 확실히 모르는 거다
그래서 이중인격, 삼중인격 하는 것이다
인간끼리의 관계도 마찬가지다
상대방의 내면의 모습을 알 수는 없다
열 길 물속은 알아도 한 길 사람 속은 모르는 것이다
따라서 자기도 모르는 '나'와 상대도 모르는 '나'와 만나니
그 관계라는 것은 끊임없는 오해와 갈등이

내재되고 은폐될 수밖에 없다
어떻게 조화롭고 평화로운 관계를 이끌고
타협시킬 것인가가 인간관계의
끊임없는 숙제이고 과제이다.

베풂의 시간

◇
◇
◇
◇

인간관계는 보시와 베풂의 시간으로 채워져야 한다
그래서 그 시절들이
베풂과 나눔의 시간으로 추억되어야 한다
인생은 추억이다
가장 아름다운 추억은
베풂과 보시의 추억이다
베풂과 보시는 아직 남아있는
몇 안 되는 인간사회의 덕목이요
따뜻한 인간애의 표상이다.

가족은 혈연이 아니라 팀

가족은 또 하나의 팀이다
가족 구성원은 팀원이며 가장은 팀의 리더다
가장은 팀의 리더로서 팀원의 사기를 북돋워 주기 위해
끊임없이 팀원들을 격려해야 한다
그리고 결과물의 성과와 성공은
팀원들에게 나누어주어야 한다
가족은 혈연의 끈으로서만 접근해서는 안 되며
자연발생적인 단결에 의존해서는 실패한다
가족을 팀으로 인식할 때 화목을 이룰 수 있다.

미워하지 않는 것이 용서보다 빠르다

◇
◇
◇
◇

미워하기는 쉽다
용서한다는 것은 어려운 일이다
용서할 수 없는 것을 용서한다는 것은
불가능에 가까운 일이다
그리고 그것은 도道의 경지에 이르는 것이다
보통 사람은 용서하는 일보다
미워하지 않는 것을 연습하는 게 수월할 것이다
미워하지 않는 것이 용서보다 빠르다.

아내와 함께 있음이 행복이다

아내에게 잘 해주려 하지 말고
아내 말에 토 달며 화내지 말라
그리고 아내에게 매일 감사하라
언젠가 죽음으로 아내와 헤어질 때를 생각하고
미리 서글퍼하라
매일 같이 살고 있는 순간이
행복해질 것이다.

용서, 마음의 시간을 갖는 것

살다 보면 때로는 미워하고 시기하는 마음도 생기고
때로는 용서하며 관대해지는 마음도 생긴다
도를 많이 닦아 경지에 이른 수도자처럼
항상 용서와 관대함으로 일관할 수는 없다
그렇다면 방법은 무엇인가
용서하고 관대한 마음을 갖는 시간을 늘리는 것이다
미워하는 마음이 자꾸 생겨 괴로워한다고
해결책이 되는 것이 아니니
그런 마음도 생길 수 있다고 받아들이고
때로 용서와 관대의 마음이 생길 때
그런 마음 상태를 차츰 늘려가는 것이다
그렇게 하다 보면 좋은 마음과 평정의 상태가
조금씩 자리를 잡아갈 것이다.

감동하는 부모가 효자를 만든다

효자도 부모가 만든다
자식의 작은 효도를 부모가 칭찬해주고
감사하게 생각하면
그 작은 효도가 싹이 된다
싹에 물 주고 거름 주면 크게 자라는 것처럼
효도도 무럭무럭 자란다
작은 효도를 부모가 하찮게 생각하거나 관심 없어 하면
그 작은 무관심이 자식을 효도에서 멀어지게 한다.
효자도 부모가 만드는 것이다

책 읽고 가르침 받아 하는 효보다
신이 나서 하는 효도가 더 잘한다
작은 효도에 감동하는 부모가 되라
작은 효도에 칭찬하는 부모가 되라

효도 칭찬에 자식이 신나서
부모에게 더 잘하고 싶게 하라
효도는 그 자체로 기쁨이고 뿌듯함이지
자식한테 응당 받아야 할 당연한 보답이 아니다
그리고 가장 최고의 방법은
부모가 그들의 부모에게
어떻게 효도하는지를 보여주는 것,
즉, 부모 스스로가 효자가 되는 것이다.

남자와 가장으로 산다는 것의 의미

남자로 가장으로 산다는 것은
부모와 가족에 대해
그저 묵묵히 임무수행을 하는 것뿐이다
따뜻한 위로나 위안의 말을 기대해서는 안 된다
기대하면 더 상처받을 수 있고
더욱 고독하고 외로워질 수 있다
자신이 자신의 임무를 깨닫고
스님이 정진하듯 묵묵히 임무수행 하는 것
그것이 남자의 일생이요, 남자의 정진이다
정진하는데 대가나 보상을 바라서는 안 된다
위로를 기대하는 건 대가를 바라는 행위이다.

세상에는 당신이 보고 있는 사람만 사는 것은 아니다

지금 장애를 겪고 있고 역경에 처해 있는 자여!
좌절하거나 절망하지 말라
지금 불의한 소수와 용기 있게 싸우는 자여!
포기하지 말라
당신이 모르는 곳에서
당신이 알지 못하는 사람이
당신을 눈여겨보고 있으며
당신을 응원하고 있다는 사실을 알라

세상에는 당신이 바라보는 곳에만
당신을 응원하는 사람들이 있는 것은 아니다
당신이 미처 눈 돌리지 못한 곳에서도
당신을 쳐다보는 눈이 있으며
불의와 용감하게 맞서는 당신의 모습에 감동하고

당신에게는 들리지 않는
격려와 박수를 보내고 있다는 사실을 알라
세상에는 당신이 보고 있는 사람만
사는 것은 아니다.

세상에는 당신이 알고 있는 사람만 사는 것은 아니다

사람을 많이 알고 있는 자여!
자만하지 말라
자기편 사람을 많이 모으고 있는 사람들이여!
으스대지 말라
여러 사람을 만나려고 애쓰는 자여!
과로하지 말라
세상은 당신이 알고 있는 사람만
사는 것은 아니다
당신이 지금 모으고 있는 사람들은
소수일 뿐이다

알고 지내는 사람이 많이 없는 자여!
실망하지 말라
자기편이 많이 없다고 생각하는 자여!

좌절하지 말라
여러 사람과 친하지 못해 외로워하는 자여!
외로운 시간은 오히려 휴식시간이다
세상은 당신이 알고 있는 사람만
사는 것은 아니다

당신과 같이
주위에 사람이 많지 않은 사람들은
세상에 얼마든지 많이 있다
'그들' 모두가 당신의 친구다.

창조적인 천재

천재란 사람들에게 금방 눈에 띄는
선천적인 선물을 갖고 태어나지만
창조적 천재란
평범할 것만 같은
자신의 몸속에서
천재성을 스스로 발굴하는 자다.

사생관에 대하여

'이승에 태어난 이상 내가 손해를 보더라도 세상에 해는 끼치고 가지 않는다'와 같은 괜찮은 사생관死生觀이 있는 사회라면 강국을 겨냥해 볼 만하다.

'남이 밥을 먹여주나? 나만 잘되면 된다. 내가 잘 돼서 남들이 굽신거리면 그것이 성공이다'라는 사생관으로는 절대 강국이 될 수 없다.

가령 '지더라도 정의로운 패배를 하겠다'라든가 '뛰는 내 위에 나는 자가 나타나더라도 받아들인다'라고 생각할 줄 알아야 한다.

'이겼어도 패자 앞에서 승리의 기쁨을 외치지는 않는다'와 같이 배려할 줄 아는 사생관이 널리 퍼져야 한다.

'오빠 강남 스타일'처럼 한국의 사생관에 열광할 수 있도록 '오빠 ○○사생관 스타일'의 개발이 필요하다.

한국적 사생관의 전통들

전사이 가도난 戰死易 假道難

싸워죽기는 쉬워도 길을 빌려주기는 어렵다

– 1592.5.25 동래성 송상현 부사

견리사의 견위수명 見利思義 見危授命

이익을 보거든 정의를 생각하고, 위태로움을 보거든 목숨을 바치라

– 1909.10.26 하얼빈 안중근 의사

금신전선 상유십이 今臣戰船 尙有十二

신에게는 아직 열두 척의 배가 있사옵나이다

필사즉생 필생즉사 必死則生必生則死

죽고자 하면 살고 살고자 하면 죽을 것이다

두려워하지 말라 적들도 우리보다 더 두려워하고 있다.

- 1597.10.25 명량 이순신 장군

나를 장군묘에 묻지 말고
생사를 함께 한 부하 병사들 곁에 묻어달라.

- 2013.11.25 채명신 장군

모든 걱정에는 항상 끝이 있다

무슨 걱정이든 아무리 힘든 일이든
모두 어떤 종착역이 있다
이 종착역이 있다는 사실을 확신하고 가는 사람이
바로 신념을 가진 사람이다
멘탈이란 신념을 가진 사람이 갖고 있는 마음을 말한다
멘탈이 강하다는 것은
종착역에 대한 믿음을 갖고 있다는 말이다.

#067
기본 멘탈

나의 멘탈을 지켜나가는 데 지대하게 공헌한 말은 거창한 명언
들이 아니고 세상에 떠도는 말과 노래가사였다.

'까짓것 죽기밖에 더 하겠나?'

'한 번 죽지 두 번 죽나?'

'깡으로 치자면 둘째가라면 서러워'

'쥐구멍에도 볕들 날 있다'

'하늘이 무너져도 솟아날 구멍이 있다'

이런 말들이었다.

그야말로 이 세상에 기댈 것 없는 사람들이 자신의 멘탈을 지
켜갈 수 있도록 '기댈 수 있는 둔덕'이 되어주는 말이었다. 나는
이런 말들 속에 들어 있는 임전무퇴의 정신을 '기본 멘탈'이라
부른다. 기본 멘탈을 지탱해주는 의지가 될 수 있는 말을 많이
찾아 갖고 있는 것은 사는 어려움을 극복하는 데 많은 위로가
된다.

결과는 이미 결정되어 있다

천 리 밖의 전쟁을 하기 전에
이미 장막 안에서 승리가 결정된다
어떤 일을 결행하기 전에 이미 그 일을 상상하는
머릿속에서 결과는 이미 결정된 것이다.

중용

◇
◇
◇
◇
◇

천하의 대세를 말하자면
나뉜 지 오래면 합쳐지고 합친지 오래면 분열한다
물극필반物極必反이요
세강필약勢强必弱이다
모든 게 흥망성쇠興亡盛衰의 법칙에서 벗어나지 못한다
이런 극단에서 벗어나
마음을 고요하게 하는 방법은 무엇일까
바로 가운데 중中에 위치함이다
중용中庸은 그래서 '지나치거나 모자람이 없으며 어느 한편으로
치우치지 않고 떳떳해 변함이 없는 것'을 뜻한다.

물극필반物極必反 세강필약勢强必弱
사물의 흐름이 어느 한 극에 달하면 반전이 있게 마련이요.
세력 또한 강한 것도 약해지는 때가 반드시 온다.
유상철의 〈중국산책〉 중에서…

유종의 미

사는 것은 끝이 없기 때문에
끝을 내야 한다.

/ 3장 /

고독_ 삶의 무게 앞에서

천천히 산다는 것

천천히 살아야 한다
우리가 앞으로 걸어가는 이 시간은
내 시간이 아니다
우주의 시간이다
빨리 이루려고 하는 것은
무한한 시간에 도전하는 것이고
우주의 시간에 도전하는 것이다
우주에 달려들면
태양에게 가까이 가는 것과 같다
태양에 가까이 가면 결국 타죽는다
조급증에서 비롯된 스트레스는
태양에 가까워지면서
불같은 열기의 따가움을 느끼게 되고
결국 심해지면 병들게 된다

천천히 산다는 것은
우주의 시간을 타고
여유롭게 유영하는 것이다
우주의 시간을 타고 유영하면
힘 안 들이고 살아갈 수 있고
더 빨리 더 멀리 나아갈 수 있다.

일상의 작은 이정표, 이벤트

일상이 모여 삶이 되고 삶이 모여 인생이 된다
따라서 일상이 인생이다
일상의 중요성이 여기에 있다
그러나 일상이란 금방 권태로워진다
권태롭고 쉬운 일상을 헤쳐나가려면 기술이 필요하다
일상의 정거장으로서 이벤트가 필요하다
지인과의 만남, 술자리, 문화생활….
이벤트들은 일상을 끊임없이 통과하는
우리 인간들의 일시적 쉼터요 일상의 정거장이다
중요한 것은 이벤트의 쉼과 휴식을 기다리며
이벤트가 없는 평일에
활력을 불어넣는다는 사실이다
일상의 정거장을 끊임없이 계획하고 만들고
이 정거장을 희망으로 삼아

권태로운 평일을 활력 있게 보내는 것이
일상을 헤쳐나가는 기술이다
즉 평일을 주말로 만드는 기술
평범한 날을 특별한 날로 만드는 기술이 필요하다
이벤트는 일상의 목표이며 희망이고
작은 기점이며 베이스캠프이고
일상의 작은 이정표다.

몸을 쉬게 하라는 깨달음

스스로 늙었다는 생각을 하나
지금도 늙고 있다는 사실은 망각하기 쉽다
늙고 있다는 것은
인체의 모든 기관이
쉽게 피로해지고 닳는다는 뜻이다
매일 몸을 아껴주고 풀어주고 쉬게 해주지 않으면
몸이 금방 마모된다는 뜻이다

그래서 몸을 아끼고 쉬게 해주는 것은
항상 진행형이어야 한다.

기대하지 않는 인생

인생에 대해 희망을 갖되
뭘 크게 기대하지는 말라
인생은 내 맘대로 되는 것이 아니다
인생이 너에게 조그만 것이라도 기회를 주면
고맙게 받아라
재수 없으면 그것도 못 받는다
그리고 재수 없는 경우는 시도 때도 없이 찾아온다
살면서 자신이 손해 받지 않으려고 하지 마라
오히려 남에게 손해 입히지 않도록 하라.

다시 돌아갈 수 없다는 뜻

노화란 옛날로 다시 돌아갈 수 없다는 뜻이다
그러나 뭔가 옛날이 다시 돌아올 것 같은
기분으로 살게 되는 게 노년이다
옛날 젊은 시절은 다시 오지 않는다
노년은 노년에서 새로 시작하는 것이지
옛날의 기억에서 시작하는 것이 아니다.

인생의 여백

◇
◇
◇
◇
◇

시간의 여백을 즐길 수 있어야 한다
공간을 무엇인가로 채우려고만 하면
쉼 없이 길을 가는 것과 같다
그것은 강박이다

여백은 쓸데없는 헛된 공간이 아니다
채워지지 않아 보일 뿐이지
무언가 채워져 있는 자리의 공간이며
색깔이 들어가지 않았을 뿐이지
무언가를 비추고 있는 색깔의 공간이다

인생에 있어서 여백은
그림처럼 삶을 관조하는 시간이며
음악처럼 삶의 소리에 귀 기울이는 시간이다

느리게 사는 것의 출발은
시간의 여백을 즐기는 것이다
시간의 여백을 인식하는 것은
시간의 흐름에 몸을 맡기고
그 흐름을 느끼는 것이다
그 속에서 우주를 호흡하고
인간과 인간사의 '공_空'을 명상하는 것이다.

시간을 내는 것 자체가 기술

인생을 즐기려면 시간이 필요하다
시간을 내는 것이 어렵고
일생 시간을 못 내고 죽는 경우도 허다하다
시간을 내는 것 자체가 기술이다
즐기는 게 기술이 아니라
시간을 내는 것이 기술인 것이다.

어느 분야든 해보지 않은 사람이 더 잘하는 그런 것은 없다.
〈인생은 실전〉 …

도전할 때 진정한 가치를 느낀다

즐거운 인생이 의미가 있는 것이 아니다. 즐거움은 원동력이요 에너지일 뿐이다. 즐기는 데만 인생의 목표를 삼는다면 쉽게 좌절할 수 있다. 대체로 인생은 즐거운 것이 아니기 때문이다.

인생은 역경을 딛고 일어서는 스토리를 가진 사람일수록 찬란하다. 인내와 단련의 스토리가 있는 인생만이 의미가 있다. 그곳에는 깨달음과 인생역정의 드라마가 있기 때문이다. 인생은 대체로 딱딱하고 위험하며 슬픈 일로 가득 차 있다. 위험을 헤쳐나가는 것이 우리가 인생이란 고난과 위험과 위기의 바다에서 만들어내는 고귀한 스토리이다.

고귀한 스토리를 만들어 나가는 것, 감동적인 도전의 스토리를 만드는 것이 인생의 진정한 의미이다.

고민, 물질들의 상호작용

인간이란 생각하는 물질이다
다만 인간들이 '생각하는 것'에 더 의미를 부여하기 때문에
뭔가 특수한 존재로 생각되어지는 것이다
생각이라는 것도 뇌의 화학 물질들의 상호작용이 본질이요
이러한 현상의 결과물로서의 '생각'을 받아들인다면
인간이 고뇌하고 고민하는 것들에 대해 특별히 지나친
의미를 부여해서 괴로워하는 수고를 덜 수 있다
고뇌와 고민을 그저 물질의 상호작용으로 받아들이면 된다.

헛된 꿈도 살아가는 지혜

어제의 번뇌와 고민으로 밤새 잠을 설쳤다고
실망하거나 좌절하지 말라
원래 그런 식으로 인간의 시간들이 채워지는 것이
자연스러운 것이고 그것이 모여 인생이 된다
내일도 또 그렇게 인생의 시간들로 채워지게 될 것이다
그러나 가끔은 즐거움과 설렘으로
잠을 기쁘게 설치는 일도 있으리라
그 기쁨의 시간을 희망으로 삼고
기다리며 사는 것이 인생이다
실망하지 말고 희망을 잃지 않는 것
그것이 정답이고
헛된 꿈조차 고이 간직하고 아껴주는 것 또한
살아가는 지혜이다.

#081

잡념의 속의 대어를 낚아라

살아가면서 얼마나 많은 잡념과 상념이 피어오르는가.
이름 없는 여름 벌레처럼 끝없이 달려드는 고뇌의 파편들은 계속 삶을 살아가는 이상 원초적으로 막을 수가 없다. 그러나 무수하게 피어오르는 상념 속에도, 가끔씩 보석 같은 아이디어들이 숨어 있다. 이것이야말로 자신을 괴롭히는 잡념과 상념들이 주는 큰 선물이다.

잡념과 상념은 삶을 성가시게 하지만 그 속에 큰 선물을 숨기고 있다. 잡념과 상념 속에서 깨달음과 괜찮은 아이디어를 발굴하려 든다면, 잡념과 상념은 더 이상 자신을 방해하는 훼방꾼으로 여겨지지 않게 될 것이다.

오늘도 잡념은 매 순간 피어난다.
귀찮게 생각하지 말고 찬찬히 살펴보라. 잡념의 짙은 안개 사이로 큰 대어가 언뜻언뜻 보일 것이다. 이것을 잡아야 한다. 이것을 잡는 것이 '상념낚시'다. 잡념 속에 숨겨져 있는 새로운 아이디어를 찾는 것, 이것이 창조의 시작이다. 보물이나 대어는 언제나 숨겨져 있는 법, 그것을 숨기고 있는 많은 잡념과 상념을 너그럽게 그러려니 인정해주어라. 그러면 마음이 안정되어 숨겨져 있는 깨달음과 아이디어를 찾을 수 있는 통찰력이 생기게 될 것이다.

중용에 대하여

자긍심이 너무 넘치면
고집 센 사람이 되고
자긍심이 없으면
자아가 없는 사람이 된다
그 중간을 선택해 사는 게 중요하다
그러나 똑 부러지는 중간은 없다
끊임없이 중간의 위아래를
오르내리며 조정해야 한다
이것이 중용이다
중용은 이렇게 동적인 것이다.

절제와 겸손

자존심도 식사와 같다
포만감을 느낄 때까지 먹고 싶듯이
자존심도 제어하지 않으면
끝까지 자존심으로 마음을 채우려 한다
포만감을 느껴야만 만족하는 식습관이 계속되면
비만이 되듯
자존심도 포만감이 채워지지 않으면
직성이 풀리지 않는 습관을 갖게 되고
항상 불만과 분노, 외로움이 마음 가득하다
음식을 절제해서 먹듯이
자존심도 절제해서 채워야 한다
그러기 위해서는
겸손해져야 하고
지는 것을 두려워해서는 안 된다.

단순화 시킬수록 자유롭다

삶은 끝없이 단순화시켜야 한다
삶이란 매우 복잡하고 어려운 체계이다
이 체계를 인간이 감당하기에는 무척 벅차다
그렇다면 삶을 단순화시키는 방법은 무엇일까?
인간이 이 복잡한 상황을 나름대로 이해하기 쉽게
한두 가지, 두세 가지로 단순화시켜
나아갈 방향을 결정하는 것이다
이렇게 함으로써 우주의 하나인 이 복잡하고
그 근원을 알 수 없는 삶을
간단하고 홀가분하게 살 수 있다.

자기가 만든 습관의 틀이 많을수록 자유의 범위는 좁아진다.
〈습관의 틀〉 …

삶은 누군가에 대한 기억

삶을 오로지 경쟁으로만 파악하고
경쟁에서 이기는 것만을 생각하는 사람은
이기려고 하는 자신의 기억만을 위해 봉사하는 사람이다
다른 사람에게 어떻게 기억되느냐를
중시하는 사람은 경쟁에 매몰되어 살지 않는다
그런 사람은 경쟁보다는 여유
승자의식보다는 배려를 추구한다

삶은 아는 사람이든 알지 못하는 사람이든 간에 불특정다수에
게 어떻게 기억되는가? 이다
삶은 자기가 걸어간 발자국이고
죽은 후에 다른 사람들이 발견하게 되는
발자국의 흔적이다
자기 것만을 알고

자기가 이기는 것만을 아는 인생에는
흔적도 향기도 없다

무슨 수단을 쓰더라도
'이기는 것만이 최고'라는 인생관이
제법 찬란한듯 보이지만
계속 이기더라도 어느 누구도 최후의 승자가 될 수 없으며
'지는 많은 사람'이 아래에서 받쳐주지 않으면
이길 수도 없는 것이며
이기는 인생관은 많은 사람을 좌절로 몰아넣는다는 사실을
깊이 인식하고 살펴보아야 한다.

삶은 야생의 또 다른 한 곳이다

삶은 고요한 곳이 아니다
삶의 현장은 항상 출렁이고
맑고 조용하다가도 느닷없이 천둥번개 치고
바람 불고 비 쏟아지는 곳이다
삶이 어떤 곳인지 잘 보여주는 것은
야생의 동물들이다
끊임없이 귀를 쫑긋 세우고 주위를 돌아다보고
먹이를 먹다가도 문득 멈추고 또다시 살피고
먹다 체할 것같이 그 행동을 반복하는 것을 보면
그 동물들의 모습이
바로 우리 인간들의 살아가는 삶의 모습이 아닌가 한다
삶은 변화무쌍한 자연과 대지의 일부이고
야생의 또 다른 한 곳일 뿐이다.

차원이란 창의성의 수준이다

차원이 높다는 건 당장 돈 안 되는 얘기에서
힐링과 창의성을 발견하는 일이다
당장 효과를 볼 수 있고 돈이 되고 이익이 되는
단기적이고 근시안적인 단견에서 벗어나서
장기적으로 큰 업적과
원대한 결과를 얻을 수 있는 방향으로
사회구성원들의 생각을 가다듬어
교육이나 집단지성의 관심도가
'장기적인 안목'으로 모여야 한다
이것이 우리사회의 절실한 과제이다.

역사란 갑자기 닥치는 큰일이다

내일 무슨 일이 일어날지 모르는 게 역사다
그전에 가끔씩 경고하는 몇 안 되는 사람이 있긴 했지만
'그래도…
이렇게 갑자기 이런 큰일이 닥칠 줄은 몰랐다'는 게
역사다.

주변국을 설득해서 평화를 일궈내는 한국의 진정성 있는 외교력에 감동했다.
응우옌 베트남 총리 〈창의력이란 이런것〉 2018년 6월 어느 연설에서…

가혹함 속에서 찾아낸 행복이라는 묘미

삶이란 신이 내린 가혹한 형벌이었으나
인간은 그 형벌에 대해 원망하면서도
그 형벌 속에서 신이 미처 생각하지 못한
즐거움과 행복이라는 묘수를 찾아내었다

삶의 묘미를 찾아내는 묘수!
이것이 신을 몹시 당황하게 한다.

신이 관심을 갖고 있는 것은 우리의 운명이지
지금 처해 있는 우리의 상황이 아니다.
〈신은 운명에 관심을 보인다〉 …

때론 자신을 운명에 맡겨라

◇
◇
◇
◇
◇

감당할 수 없는 큰 사고를 당했거나 질병에 걸렸을 때
우리는 과연 닥친 현실을 어떻게 감당할까?
답은 '감당할 수 없다'이다
그러면 어떻게 감당할 것인가?
답은 자신이 그 큰일들을 감당하려 하지 말고
운명에 맡겨야 한다
절대로 자기 자신에게 큰일을 상대하는
벅찬 일을 감당시키지 말고
운명에 감당시켜야 한다.

성찰 없는 인생

역경은 성찰의 스승이요 어머니다
역경이야말로
인생을 인생답게 만들어 주는 훈장이다
만약 아쉽게도 이 훈장이 없이 늙었다면
그것은 인생을 제대로 산 인생이 아니다
왜냐하면
성찰이 없는 인생이기 때문이다
성찰이 없는 인생은 감동이 없는 인생이다
감동이 없는 인생은 그리 좋은 모습이 아니며
무임승차 같은 것이다
더더구나 자랑할 수 있는 인생은 더더욱 아니다.

인생이란 시간의 한정된 작동

인생이란 그저 인간의 수명이란 한정된 시간이
인생의 시계에서
째깍째깍 가고 있는 것이고
언젠가는 멈추게 되는
아주 단순한 작동일 뿐이다.

지옥 같은 세상과 당신

당신이 지옥 같다고 생각하는 세상을
결코 천국으로 만들 수는 없지만
그 세상에서 당신이
천국처럼 살 수는 있다.

배를 저어 나아가야지
인생의 강물에 떠내려가서는 안 된다.
〈인생이라는 강물〉 …

위대한 스승

많이 가르쳐주어
많이 알게 하는 사람은
평범한 교사다
많은 것을 가르쳐주지 않으면서
많이 알게 하는 사람은
노련한 교사다
많이 알게 해서 성공으로 이끄는 사람은
능력 있는 선생님이다
그리고 왜 알아야 하는지를
가르쳐주는 사람은
위대한 스승이다.

지식과 사색

우리는 우리가 읽은 것으로 만들어진다
그러나 무작정 많이 읽지는 말라
읽는 것만큼 중요한 것은 사색이다
충분한 사색을 통해 궁극적으로 현실에 반영할 수 있어야
책 안의 지식이 자신의 것이 된다
그리고 그것이 산지식이다
읽은 것을 부단히 현실에 적용시키려고 하는 작업
그것이 사색이다
남의 책도 사색으로
자신 안에서 살아 숨 쉬는 나의 책이 된다.

인간을 배워라 지식의 노예가 되지 마라.
마쓰시라 고노스케 〈인간을 배워라〉 중에서···

최후의 승자

승자에는 처음 승자도 있고
중간 승자도 있고 최후의 승자도 있다.
'네 처음은 미약하였으나 네 나중은 심히 창대하리라'라는
성경말씀처럼 진짜 승자는 최후의 승자다.
전쟁도 사회도 나라도 교육도
최후의 승자를 지향해야 한다.
그러려면 먼 미래를 대비하는 백년대계가 필요하다.
'십 년 대계'가지고는 어림없고 '빨리빨리'는 말도 안 된다.

실패도 극복해야 하지만
성공도 초월해야 한다.
〈실패와 성공〉 …

큰일을 이루려면

큰일을 하려면 남의 말에 쫑긋거리지 말라
남이 하는 일을 곁눈질하면서 큰일을 이루기 어렵다
남도 다하는 일에 큰일이 있을 수 없다
큰일이라는 것은 보통 사람들에게는
엉뚱하게 보이기 때문에 남들이 반대하는 경우가 많다
큰일을 이루려면 자기만의 독특한
창의적인 계획이 있어야 한다
그리고 그 길을 가는 것은 무척 외로운 길이다
남들이 가지 않는 길이기 때문이다
만약 당신이 하는 일이 남들도 모두 하고 싶어 하고
찬성하는 일이라면 그것은 분명히 큰일은 아니다
그리고 당신이 가는 길이 남들과 함께여서 외롭지 않고
유쾌한 길이라면 당신은 분명히 큰일을 위해
떠나고 있는 것은 아니다.

최고의 고수는 면밀하게 계산된 어수룩함이다

푼수전략이 가장 영악한 전략이다. 잔머리는 가까운 곳을 보고 푼수는 가까운 곳을 보지 않기 때문에 시간이 흐를수록 잔머리는 그 기력이 떨어지게 된다.

잔머리는 눈앞의 이익을 보고 푼수는 눈앞의 이익을 보지 않기 때문에 시작은 잔머리가 앞선다. 잔머리는 당장의 실익에 집착하고 먼 미래는 나중에 생각하지만 푼수는 당장의 실익에서 밀리지만 미래를 기다릴 줄 아는 인내가 있다.

기다릴 줄 아는 자가 최후의 승자다. 잔머리는 토끼고 푼수는 거북이다. 최고의 고수는 면밀하게 계산된 어수룩함이다. 그런 어수룩한 푼수에게 뭘 모른다고 썩소를 날리는 순간 잔머리는 진 거다.

잔머리를 많이 굴린다고 머리가 좋아지는 것은 아니다
잔머리를 좋은 두뇌로 착각하지 말라.
〈잔머리는 잡일 할 때 필요하다〉 …

행복은 계획이다

행복은 즐거움을 끊임없이 계획하는 것이다
행복은 즐거움의 시나리오를 짜는 재미다
행복하려면 사소한 즐거움을 찾는 재미부터 알아야 한다
사소한 재미를 찾는 작업에 흥미를 느끼지 못하면
행복은 벌써 반으로 줄어드는 것!
호기심과 관심으로 끊임없이 자기 주위를 살피고
자기만의 눈으로 세상을 관찰해라
호기심과 자기만의 눈이 만날 때 행복이 발견된다
행복은 사소한 계획이다.

나이가 들수록 주변에게 산타클로스 할아버지가 되어야 한다
그러나 자신을 산타클로스로 생각하는지에 대해 귀를 쫑긋해서는 안 된다.
〈늘 누군가를 위한 선물이 되어라〉 …

사람을 사귀는 것 미식가가 되는 일

다른 사람을 만난다는 것은
그 사람의 문화를 만나는 것이다
친구를 사귄다는 것은
한 친구의 문화를 경험하는 것이다
사람을 문화로 접근할 때 사람 사귀는 재미가 나는 법이다
사람을 이해타산으로만 접근하면
상대방의 문화를 간과하게 된다
이해타산으로 바라본다 하더라도
이해타산 속에 숨어 있는 소신을 알게 된다면
이해타산도 즐겁게 할 수 있으리라
그것도 문화를 알게 되어 즐거운 것이다
수많은 사람들에게서 문화를 찾고 경험하는 것은
신비로운 탐험이고 사람으로의 여행이라고 할 수 있다
사람을 찾아가는 여행은

나와 다른 다양한 문화를 찾아가는 여정이다
그저 네트워크와 세속적 목적만을 위해
사람을 사귀는 것은 양적인 욕심이요 과식이다
사람을 사귀는 것은 미식가가 되는 일이다
무조건 많이 먹는 것보다
적은 음식이라도 맛을 발견하려는 것처럼
문화에 대한 미식을 추구하는 것이다.

짐은 내 삶의 무게다

겨울엔 옷이 한 짐이다
젊은이들에게는 앞날이 한 짐이다
자식을 둔 가장에겐 삶이 한 짐이다
엄마들에게는
육아가 한 짐이다
모두 무거운 짐들을 지고 간다
짐은 버겁지만 희망이다
짐은 내려놓고 싶지만 삶에 대한 자존심이다
짐이 때로 원망스럽지만
짐이 가벼워졌다고 삶이 가벼워지는 건 아니다
짐을 제대로 지고 간 날
그날 짐은 나에게 든든한 활력을 주었다
짐을 제대로 지지 못한 날
나는 가벼워진 짐 때문에 오히려 힘들어했다

어린 시절 나에게는 짐이 없었으나
언제부터인가 등에 짐을 느끼기 시작하였다
지금은 짐이 무거운지 가벼운지도 모르게 되었다
그냥 삶의 무게인가보다 하고 지고 다닌다
언젠가 짐이 없어질 것이다
그때가 올 것이다
어느 날은 문득 그날이 그리워질 때가 있다
짐에 진저리가 난 때문일까
짐은 인생과 인간을 이어 준다
그리고 인생과 인간이 작별하는 날
짐이 사라져 있을 것이다
어떤 날은 추워서 옷이 무거웠고
어떤 날은 더워서 옷이 가벼웠지만
땀은 늘 한 짐이었다.

시간의 배를 타고 우주를 항해한다

느리게 걷는 것은 시간이 흘러가는 것을 느끼고
시간에 몸을 맡기고 인생 향기를 감지하는 여유를 느끼는 것이
다
느리게 걸으면서 생각을 정리할 수 있고 삶을 계획할 수 있고
살아가는 속도를 조절할 수 있다
느리게 걸으면서 우리는 마치 시간이라는 강물을
타고 가는 듯한 신비한 착각에 빠지게 된다
이 신비함을 느껴보는 것이 느리게 걷기의 즐거움이다
느리게 걷기는 시간 속의 항해이다
인생이라는 시간에 띄워져 있는 배를 타고 가는 항해다
항해를 통해 보이지 않지만 흘러가고 있는 신비한 시간을 감지
하는 것이다
그리고 우리는 이 항해를 통해 아주 먼 우주와 통하게 되며 '나'
라는 아주 작은 배에 대해 자각하게 된다.

미래를 미리 써버리는 일

자기분수를 넘는 무엇을 산다는 것은
돈을 빌린다는 뜻이다
돈을 빌린다는 것은
돈을 갚아야 할 세월을 미리 빌리는 것이다
세월을 빌리는 것은
세월과 함께 일하는 시간을 빌리는 것이다
세월과 일은 곧 인생의 시간이다
때문에 분수에 넘치는 무엇을 산다는 것은
인생을 빌리는 것이다
인생을 미리 빌려 써버리면
미래를 써버리는 것이다.

구두끈은 삶을 방해하지 않는다

◇
◇
◇
◇
◇

구두끈이 풀려 걷고 있는 사람은
구두끈이 풀려 있는지 모른다
그저 희희낙락하게 데이트하고 있는 중이다
그에게 누가 구두끈이 풀렸다고 말하면
그건 잘하는 일일까?
만약 말해준다면 즐거운 데이트를 망치게 될 것이다
구두끈이 풀렸든 말든 그건 전혀 중요한 일이 아니다
이 사람에게 중요한 건 데이트지 구두끈이 아니다
구두끈의 의미는 중요하지 않은 일을 뜻한다
우리는 구두끈과 같이 별로 중요하지도 않은 일에
정성을 다하고 있지는 않은지 살펴볼 일이다
구두끈이 풀려 있어도 살아가는 데 아무 방해 되지 않는다
살아가는데 별 방해가 안 되는 일을 신경 쓰지 않는 것
그것이 삶을 단순하고 명쾌하게 해석하며 사는 방법이다.

분수에 맞는 소비는 삶의 기쁨

적절한 소비는 행복의 중심이다. 적시적소에 소비를 잘하면 그 물건이 기억과 함께 있으므로 항상 즐겁다. 요령 있는 소비는 행복감을 주며 지금의 행복한 시간을 주는 원천이다. 행복한 나를 있게 만드는 것 중 살 수 없는 것 말고 살 수 있는 것을 찾는 일은 매우 즐거운 탐색이다.

물론 자기분수에 맞는 것을 선택하는 것은 매우 중요한 작업이다. 자기분수에 맞지 않으면 그 소비는 적절한 소비가 아니고 위험한 소비가 되기 때문이다.

소비해서 백배 즐거움을 주는 것이 무엇일까. 호기심 있게 주변을 뒤져보라. 가성비 큰 기쁨이 시작될 것이다. 그 소비를 할 수 있게 만들어준 내일 갈 직장이 그리워질 것이다. 작은 것들부터 바로 시작하라.

큰일은 기다림 끝에 이루어진다

두려움의 반대는 배짱이고
조바심의 반대는 세월이다
세월은 기다림이고 기다림은 뚝심이다
두려움은 잃지 않으려는 것이고
조바심은 빨리 이루려고 하는 것이다
잃는 것이 있어야 얻는 것도 있다
멀리 보지 못하면 가까운 곳에 있는
작은 것에 집착하게 된다
큰 것은 세월이고 기다림 끝에 이루어지는 것이다.

양보와 배려는 조건 없이 주는 것

남에게 폐를 끼치는 것은 남에게 양보를 강요하는 것이다.

남의 양보를 받아내야만 직성이 풀리는 사람이 많은 사회는 선진사회가 아니다.

양보를 얻는 것이 당연한 일상이 되어버린 사람들이 많은 사회는 아직도 근대시민사회가 요연한 사회다.

'나를 먼저 생각하기 때문에 남이 나에게 양보하는 것은 당연한 일이고 남에게 미안해할 필요가 없다'를 소신으로 두고 있는 사람들의 격언은 '남을 생각하기 전에 나를 먼저 생각하라'이다.

그리고 그 반대 소신은 '나를 생각하기 이전에 남을 먼저 생각하라'이고 '역지사지'이다.

영웅에 대하여

영웅은 열정을 계산으로 풀어낸 사람이다

상식을 가치관의 중요한 부분으로 생각하지 않는 사람이다

다른 사람들과 생각이 다른 것에 개의치 않는 사람이다

보통 인간들보다 미래를 보는 눈이 탁월한 사람이다

인내하고 기다리는데 인간의 능력을 뛰어넘는 사람이다

비전에 확신을 갖는 사람이다

자기편도 많지만 적도 많은 사람이다

개인의 힘보다 훨씬 엄청난 시운이 따라준 사람이다

사람들의 도덕을 비웃는 사람이다

국경을 허무는 사람이다

보통의 인간들이 이루어낼 수 없는 일을 하는 사람이다.

영웅은 우리와 같은 평범한 사람이 시대의 엄청난 격랑에 운명
이 바뀌게 되는 사람이다.

기회와 운명은 엇박자

혼잡한 지하철을 탔는데
마침 자리가 하나 비어 있어 운이 좋게 앉게 되는 것
지하철에서 옆 사람들은 자리가 비어 다들 앉는데
나는 계속 서서 가다가 때마침 자리가 하나가 났는데
운이 없게 막 지하철에 들어온 사람이 앉아 버리는 것
그것이 바로 인생이다
걸핏하면 기회와 운명이 엇박자로 나가는 것이 인생이다
이것을 받아들이는 것이 인생을 살아가는 기본적인 자세다.

#110

도전과 모험만이 삶을 젊게 만든다

젊게 산다는 것은 모험적으로 산다는 것이다
그냥 외모만 젊게 하고 다니는 것은
진정으로 젊게 사는 삶이 아니다
모험을 즐기고 도전적인 삶을 살수록
젊게 사는 것이다
그러나 나이가 들어가면서
도전한다는 것은 얼마나 어려운 일인가
몸이 받쳐주어야 하고 마음과 의욕이 받쳐주어야 한다
때문에 젊게 산다는 것은 말처럼 쉬운 일이 아니다
결국 모험심을 잃지 않고 역동적으로 사는 것이
바람직한 삶의 모습이고 정답이다.

#111
약속이라는 신뢰의 기억

$$\diamond\atop\diamond\atop\diamond\atop\diamond$$

살다가 우리는 무엇을 남기고 가야 하나?
서로간의 신뢰의 기억을 남기고 가야 한다
약속이라는 것은 내 사정에 따라
언제든 변경할 수 있다고 생각하는 사람이 많다면
그 사회는 아무것도 남길 수도 쌓아 나갈 수가 없다
그래서 약속을 지키는 것이 중요하다.

젊은 시절의 나에게

나이들어가는 지금
문득 아득히 먼 그때 그 젊은 시절로 돌아가
고뇌에 찬 나의 마음을 어루만져주고 격려해 주고 싶다
잘 될 거라고, 용기를 잃지 말라고

미래의 어느 시점의 '내'가 지금의 나에게로 찾아와
온화한 얼굴과 확신에 찬 마음으로
미소 지으며 용기를 주고 싶다
급할 필요도 없고 초조해할 필요도 없다고
'시간의 신'이 모두 해결해 줄 것이라고 말해주고 싶다.

옛날로 돌아갈 수 있으리라

옛날로 돌아갈 수는 없다
그러나 아주 먼 옛날로는 돌아갈 수 있으리라
태어나기 이전으로

기억하는 옛날은 돌아갈 수 없다
그러나 기억할 수 없는
훨씬 더 옛날로는 돌아갈 수 있으리라
더 살다 보면

더 살지 못하는 그 날이 오면
기억할 수 없는 태어나기 이전으로
돌아갈 것이다
그날이 오면

태고의 어둠 속에 있던
아주 먼 옛날의 나로 돌아가게 될 것이다
아주 먼 옛날로는 돌아갈 수 있으리라
결국 그날이 오면

돌아갈 것이다
원초의 까마득한 옛날의 나로….

달콤하게 잠을 자고 나니 죽어서 영원한 안식에 드는 것도
괜찮을 것 같은 생각이 든다.
〈영원한 안식〉···

환상통

한때
지게는 내 등에 접골된 뼈였다
목질의 단단한 이질감으로,
내 몸의 일부가 된 등뼈
언젠가 그 지게를 부수어 버렸을 때
다시는 지지 않겠다고 돌로 내리치고
뒤돌아섰을 때
내 등은
텅 빈 공터처럼 변해 있었다
그 공터에서는 쉼 없이 바람이
불어왔다.

– 시인 김신용의 〈환상통〉 중에서

아버지의 마음

줄에 앉은 참새의 마음으로
아버지는 어린 것들의 앞날을 생각한다
아버지의 눈에는 눈물이
보이지 않으나
아버지가 마시는 술에는 항상
보이지 않는 눈물이 절반이다.

– 김현승의 〈아버지의 마음〉 중에서

| 4장 |

개인혁명_ 보통사람이 할수 있는 보통의 단어

나의 길에 대한 혁명

개인혁명은 나 홀로 혁명이고
나의 길에 대한 혁명이며
내 방식대로의 혁명이다
개인혁명은 각 분야 각 개인들이 창의적으로 만들어가는
제3의 길이요 창의 게임이다
개인혁명의 반대는 눈치 보는 삶이다
개인혁명은 남의 눈치를 살피며 살지 않는 생활 혁명이다.

#117

변혁은 민초들의 열망

혁명가들이 우리에게 준 것은 아주 약간 빠르게 진보하는 길을 가르쳐준 것뿐이다. 혁명가들이 앞당긴 시간이란 것도 유구한 인간의 시간에 비하면 찰나에 불과한 짧은 시간일 뿐이다. 혁명가가 없었어도 우리는 진보하였다. 왜냐하면 변혁의지를 가진 많은 민초들이 건재하기 때문이다.

변혁은 민초들의 열망으로 만들어지는 것이지 혁명가 개인의 에너지로 움직이지 않는다. 혁명가가 얻은 것은 권력과 약간의 진보와 혁명가 개인의 영화였다. 그들은 혁명 후 그들이 몰락시켰던 전 시대의 권력자들과 비슷한 생활을 하게 된다. 그것이 혁명의 본질이다.

혁명이란 바로 몰락당하는 전 시대의 사람들과 혁명가를 내세웠던 민초들, 그 둘 모두의 희생위에서 혁명가의 영화와 명예를 위해 건설되는 것이다.

자신만의 혁명을 꿈꾸어라

혁명가만이 세상을 변혁하는 것은 아니다
보통사람도 변혁을 이룰 수 있다
개인적으로 혁명하라
인생이든 교육이든 각자 조용한 혁명을 하라
산을 움직이려 세상 시끄럽게 혁명하지 말고
스스로 산이 되는 자신만의 혁명을 꿈꾸어라
혁명은 세상을 상대하는 것이 아니라
나 자신을 상대로 하는 것이다.

어떤 교육을 할 것인가

교육은 사회를 낳고
사회는 또다시 교육을 낳는다

잘못된 교육은 나쁜 습성의 사회를 낳고
나쁜 습성의 사회는 다시
나쁜 교육을 낳는다

도와가는 교육은 더불어 사회를 낳고
더불어 사회는 다시
서로를 생각하는 교육을 낳는다

협동하는 교육은 단결된 사회를 낳고
단결된 사회는 다시
팀워크를 중시하는 교육을 낳는다

배려하는 교육은 따뜻한 사회를 낳고
따뜻한 사회는 다시
기회를 주는 교육을 낳는다

경쟁일변도의 교육은 비정한 사회를 낳고
비정한 사회는 다시
불평등한 교육을 낳는다.

교육은 인내와 기다림

교육은 인내다 교육은 기다림이다
학생의 재능은 쉽게 보이지 않는다
재능이 쉽게 보인다면 무슨 새로운 교육이 필요하겠는가
재능이 쉽게 보이지 않기 때문에
명민하고 인내력이 있는 교육자가 필요한 것이다
재능이 안 보이는 학생에게서 어떻게 해서
재능을 발견하고 끌어낼 것인가가 관건이다
재능은 아주 늦게도 보일 수 있기 때문에
그 시점이 올 때까지 인내를 갖고 기다려야한다
노련한 교육자는 성급하게 학생의 재능을 재단하지 않으며
재능이 나타날 때까지 기다리는 인내와 뚝심이 있다
그저 등수만 갖고 학생을 판단해버리는 교육자는
진정한 교육의 고수가 아니다
진정한 고수는 시간을 갖고 기다리는 교육자다.

교육은 모험이다

어떤 교육을 택할 것인가?

어떤 분야를 한 학생의 재능이라고 판단할 것인가?

한 학생에게 어떤 교육 시스템이 잘 맞는지

이를 정하는 것은 무척 모험적인 일이다

성적을 따라가기 바쁜 아이에게

미술, 체육, 인문, 과학 등

어떤 분야가 맞는지 판단하고

그중에서 맞는 분야를 골라

교육의 중심으로 만드는 것은 몹시 도전적인 일이다

왜냐하면 어느 한 분야에 집중시키려고 결정하는 순간부터 '성적 따라가기'를 포기해야 하기 때문이다

또한 부모는 지금 판단이

'미래에도 아이에게 맞을까?' 하는 고뇌 속에서

집중의 교육이 행해져야 하기 때문에

그 자체가 도전이요, 모험일 수밖에 없다

부모들은 지금의 교육에서 확실한 미래를 보려 한다

그러나 교육은 불확실한 미래처럼 지금 보이지 않는다

그러니 교육으로 모험할 수는 없다고 생각하는 부모들은

그런 모험에 학생을 던질 수는 없다고 생각한다

그렇지만 여전히 교육은 모험이다

도전적으로 생각해야만 교육도 이해할 수 있다

사업과 마찬가지로 교육도 도전적인 투자 마인드 없이는

큰 결과를 얻기는 불가능하다

우리가 서구 사회보다 교육에서 뒤처지는 이유 중 하나는

그들은 교육을 게임이고 도전이라고 생각하지만

우리는 교육을 안전한 공부를 착실히 하는 것이라고 생각하기

때문이다.

창의력에 대하여

교육은 새로운 것을 탄생시키는 요람이다

새로운 것을 창조하는 사람들을 길러내는 곳이 교육의 현장이다

창의력이 없는 교육은 과거를 답습하는 교육이고 이러한 교육은 새로운 어떤 것도 만들지 못한다

물론 남의 것을 베낄 수는 있으나 새로운 것을 탄생시키는 업적은 남길 수 없다

새로운 것을 만들어 내는 것은 발명품에 국한되지 않는다

자신을 새롭게 평가하는 것도 새로운 것을 만드는 것이고

자신의 인생을 끊임없이 새롭게 만들어 가는 것도 새로운 것을 만드는 것이다

이런 소양과 능력을 가진 사람을 만드는 것이 교육이다

남을 따라 하고 등수 매기는 것만 매달리는 교육은 남의 것을 베끼는 것에서 끝이다

결코, 새로운 창조는 할 수 없다

물론 선진국이 만든 자동차를 우리도 만들 수 있게 되었고 선진국의 우수한 기술력을 따라잡은 우리가 자랑스럽다고 생각할 수 있지만 창조 교육을 통해서 우리가 선진국보다 먼저 앞서고 싶다면 '남 따라 교육'과 '등수 매기기 교육'으로는 한계가 있다는 걸 알아야 한다.

교육자의 도리

권력을 지향하는 교육자가 많은 사회는
교육의 난맥상이 끝없이 악순환되는 사회다
헌신적인 교육자야말로 교육의 원천이요
재능을 가진 학생보다 더 중요하다
교육자가 권위를 지향할 때
학생들의 재능 발굴은 뒷걸음치게 되고
학부모들은 학교 교육에 좌절하고
학생들은 권위적인 교육의 피해자가 된다
헌신적인 교육자가 많은 사회는
학생들이 사회에 나가기 전에
신뢰를 배우고 나가는 사회다
성적일변도의 교육은 신뢰보다 성과를 중시하기 때문에
당장의 성과를 거두는 사회가 될 수는 있으나
서로를 신뢰하는 단합된 힘이 바탕 되지 못하므로

시간이 흐를수록 한계가 드러나게 된다
교육은 당장의 성적보다
백년대계를 바라봐야 한다
백년 세월을 감당할 수 있는 사람들이
많아져야 한다.

교육은 경쟁이 아니라 창의성

경쟁이 나쁜 것은 아니다
그러나 얼마나 앞섰는가에 초점이 맞춰지는 교육은
지양되어야 한다
관심에 집중하는 교육, 열정에 집중하는 교육이
창의성을 극대화시키는 진정한 교육이다

숫자적인 결과와 점수, 성적, 시험에만 몰두하는 교육은
교육의 본질을 놓치게 되어 결과만 집착하게 하여
경쟁을 위한 경쟁을 격화시킨다
격화된 경쟁은
다시 점수와 등수에 집착하는 악순환을 낳는다

학생들이 무엇인가에 호기심과 관심을 갖게 하고
관심을 갖는 분야에 꾸준히 열정을 쏟아내도록 해야 한다

교육현장은
온전히 학생들의 관심과 열정을 발휘하는 공간이며
자신의 적성과 재능을 찾아내는
즐거운 정신적 공간이 되어야 한다

점수와 성적으로 압박해서
당장의 성과를 거두어내도록 다그치고 몰아세워서는
창의성교육이 이 땅에 설 수가 없다
교육의 인내와 배려가 그만큼 절실한 것이다.

부모가 먼저 변해야 한다

교육이 제대로 되려면
학부모들이 남 따라가기 교육에서 탈피하여
자기만의 교육을 꾸준히 추구해야 한다
학부모가 변해야 교육자가 변하고
교육자가 변하면 학교가 변하고
학교가 변하면 교육도 변한다
대부분 교육자를 비판하지만
사실은 학부모가 원인 제공자가 아니었는지
잘 생각해봐야 한다.

뛰어난 인재란?

우리는 좋은 성적과 결과를 내는 사람을
뛰어난 인재라고 생각한다
그러나 진정한 인재란 창의성과 리더십을 가진 사람이다
창의성은 성적과 점수를 뛰어넘는 경지이며
글로벌 사회에서 경쟁력의 바탕이 되는 힘이다
오로지 점수와 성적표에만 열광해서는
창의성을 키울 수 없고 경쟁 속에서 항상 허덕이게 된다
리더십은 한 사람이 여러 사람을 움직이고
단합시켜 수천 배 수만 배의 힘을 창출해내는 능력이다
점수 경쟁의 문제점은 항상 혼자 하는 경쟁이라는 데 있다
도무지 여러 사람이 함께하는 '팀플레이'라는 개념이 없다
그러니 설령 혼자 특출한 성적을 올렸다 하더라도
글로벌 시장을 무대로 하는 거대 프로젝트에서
많은 인력을 리드할 수 있는 리더십이 부재할 수밖에 없다

혼자가 여럿을 상대할 수는 없는 법이다
개인기에 열광하는 분위기에서 탄생한 인재는
'홀로 프로젝트'를 할 수는 있을지 몰라도
리더십은 발휘할 수 없다
리더십을 배워본 적도, 해본 적도 없기 때문이다
혼자 했을 때 칭찬받았지,
여럿이 함께하며 칭찬받아 본 적이 없기 때문이다.

교육을 위해 필요한 마인드

같은 쇠를 혼다에 넣으면 혼다 자동차가 나오고
같은 쇠를 벤츠에 넣으면 벤츠 자동차가 나온다
교육도 마찬가지다
같은 사람이라도 한국 교육에 넣으면
명품이 돼서 나와야 한다
같은 사람이라도 한국 교육에 넣으면
명품도 보통 물건이 되어
나온다면 얼마나 애통한 노릇인가
선비국가로서 수천 년을 내려온 학문과 전통이 있는데
마인드만 바꾼다면
명품교육을 만들 수 있지 않을까 생각한다
마인드라는 건 별 게 아니고
'뭔가 새롭게 하는 방법이 있지 않을까'
'뭔가 서로 도와가면 더 큰일을 할 수 있지 않을까' 하고

끊임없이 생각하는 것이다

변화하는 마인드의 반대는

'뭔가 먼저 빨리 공부시키면 더 잘할 수 있지 않을까'

'혼자 잘해야 1등 하지 않을까'

'1등 하는 것 외에 더 중요한 게 있을까'이다.

#128

고득점이 곧 인재는 아니다

한국의 영재 선발 방식은 축구 선수에게 다른 종목의 운동까지 시험을 보며 선발하는 방식이다. 축구 영재에게 달리기, 역기 들기, 철봉, 사이클 등 여러 종목을 테스트하는 것이다. 한국에서의 인재는 모든 과목을 잘해야 한다.

한국인들은 재능이 없어도 훈련을 거치면 시험을 잘 볼 수 있다는 사실을 믿지 않는다. 그들은 시험을 잘 보는 아이는 틀림없이 영재라고 생각한다.

가장 시험을 잘 보는 사람을 뽑으면 그 사람이 인재라고 생각한다. 그러다 보면 진정 재능 있는 인재보다는 시험에 강한 '점수 달인'이 인재로 뽑히게 된다. 여러 종목을 적당히 고루 잘하는 운동선수는 뽑을 수 있으나 한 분야에 재능이 특별한 운동선수는 뽑을 수 없다.

이것이 한국의 인재 선발 시스템의 취약점이다.

백년대계 교육이 창조적 교육

창조라는 것은 주어진 질문에 전혀 다른 차원의 답을 할 수 있는 능력이다. 창조란 차원이 다른 곳으로의 도약이다. 창조란 마차를 타고 다닐 때 자동차를 생각해내고, 자동차를 타고 다닐 때 비행기를 생각해 내는 새로운 관점의 시작이다. 정해진 답을 맞히는 것은 창조의 반대라고까지 할 수 있다. '정해진 답 맞추기' 시스템만 있으면 창조적인 문제의식을 가지고 창조적인 답변을 하고자 하는 학생은 당연히 좋은 점수를 받을 수 없다. 따라서 창조적인 답을 쓰려고 노력할수록 성적은 떨어지게 된다. 그리고 '창조적 잠재적 인재'는 선발되지 못하고 사장된다. 이것은 그대로 한 국가의 손실로 쌓이게 된다.

교육은 사람을 찍어내는 공장과도 같다. 쇠를 만들어 유명 자동차회사에 보내면 명차가 나오지만, 보통 자동차 회사에 보내면 보통 차가 나오는 것과 같은 이치이다. '창조경제'는 교육으로 오랫동안 축적된 '창조적인 마인드'에서 나오는 것이지 어느 날 정해진 답으로 오랫동안 익숙해온 사람들에게 '기발한 아이디어'를 주문한다고 만들어지는 것이 아니다. '창조경제'는 '창조적 인재'에서 나오는 것이지, '통 속에 갇힌 인재'에서 나오는 것이 아니다. 창조를 생각하기 이전에 교육을 생각해야 하고, 백년대계를 생각해야 한다. 백년대계를 생각한다면 새로운 교육으로 백년을 기다리려는 멀리 보는 자세가 필요하다.

순위만으로 재능을 평가해서는 안 된다

점수란 시험이라는 틀 내에서의 평가지, 재능발굴 측정도구로서 완전한 것이 아니다. 점수와 석차에 매달리는 불완전한 평가도구로 한사람의 재능을 재단해서는 안 된다. 겸손하게 불완전한 재능발굴측정도구임을 인정하고 하나의 부분으로서만 학생선발에 기능하도록 해야 한다.

선발오류를 줄이기 위해서는 석차를 공개하지 말고 몇 퍼센트로 공개를 해서 당장의 순위가 재능을 발표하는 것이 아니라는 메시지를 학생들에게 전해야 한다.

입시제도에만 집중하지 말고 편입제도를 더욱 활성화시켜 대학 입시 후에도 많은 기회를 만들어주어 대학입시라는 과중한 스트레스도 분산시키고, 늦게 적성이 나타나는 인재들을 배려하는 세심한 교육제도로 나아가야 한다.

공부가 목표는 아니다

한국의 젊은이들이 창업정신을 기르기 위해서는 교육시스템의 개혁이 절실하다. 특히 성적순으로 평가하는 현 시스템은 과감하게 수술해야 한다.

비싼 사교육비를 들여 성적만 올리는 것은 마치 운동선수가 스테로이드 약물을 복용해 좋은 성적을 올리는 것과 같다. 스테로이드의 약효가 떨어지면 더 이상 경쟁력이 없다.

공부만 잘하는 사람은 경쟁력이 떨어질 수밖에 없다.

수능점수가 절대적인 목표가 되면 곤란하다.

학생들은 밤늦게까지 학원에서 공부하는 것보다 그 시간에 다양한 경험을 쌓고 자신의 경쟁력이 무엇인지 찾아가는 노력을 기울여야 한다.

그럴 수 있도록 학교 교육이 변화해야 한다.

- 메리츠자산운용 대표, 존 리

경쟁은 동료를 만들지 못한다

경쟁은 경쟁하는 사람들을 성장, 발전시키는 자극제이지만 경쟁은 화합을 저해할 수 있고, 경쟁습관에 오래 젖으면 경쟁에서 성공해도 리더십을 잃게 된다. 그러니 경쟁이 만능이 아니다. 경쟁이 무한경쟁으로 치달으면 팀웍은 없어지고 고독한 개인만이 일을 하게 된다. 혼자서는 엄연한 한계가 있기 마련이며 큰 업적은 이룰 수 없다. 경쟁은 개인만을 중시하며 조직 구성원 간의 결속을 만들지 못한다. 거대한 조직이나 국가급의 프로젝트에서도 큰 업적을 이룰 수 없다.

무한경쟁은 무수한 '배타적 경쟁유발자'들을 양산할 뿐 조직이나 그룹에 봉사하는 '열정에 찬 동료'를 길러내지 못한다.

잠재력은 광맥과 같다

한 아이의 잠재력을 뽑아내는 건 그 아이의 미래에 대한 예언과 같고 교육자의 혜안에서 비롯된다.

잠재력을 뽑아내지 못하는 무관심한 교육자는 자질이 모자란 것이고 잠재력을 뽑아내는 혜안을 가진 사람이 훌륭한 교육자다.

대부분의 아이들은 잠재력이 광맥과 같이 땅속 깊이 숨겨져 있다. 잠재력은 보이지 않는다. 따라서 많은 사람이 관심을 갖지 않고 스쳐 지나가게 된다. 이때 스쳐 지나가지 않고 눈여겨보는 교육자가 탁월한 교육자다.

탁월한 교육자가 되려면 한 아이 한 아이에 대해 깊은 관심과 애정을 갖고 바라보아야 하며 때로는 긴 시간이 필요할 수 있다는 것을 알고 인내할 줄 아는 것이 중요하다.

이를 눈여겨보고 기다리는 데에 열정을 가진 사람이 진정한 교육자다.

참 교육이란

남에게 폐를 끼치는 게
두렵지 않은 사람들이 많은 사회는
사회복지를 아무리 늘려도
우울한 사람이 많은 사회다
교육은 남에게 폐를 끼치지 않는 습관을
기르는 것부터 시작해야 한다
교육도 잘만 하면 복지가 될 수 있다
남에게 폐를 끼치는 게 두려운 사람들이
많은 사회는 진정한 복지국가다
돈 많이 들이지 않고 복지국가가 될 수 있는 것이다.

#135
건강한 사회란

신호등을 건널 때 파란불과 빨간불이
교차하는 사이에 가게 되는 경우가 있다
이건 법 위반이 아니다
말하자면 법의 약간 바깥 테두리 영역이라고 볼 수 있다
이런 법의 바깥 테두리에 있어서
질서를 지키게 하는 것은
교통경찰이나 법이 아니다
바로 서로를 양보하고 묵시적으로 허용해주는
자율에 관한 사회적 합의인 것이다
만약 이런 사회적 합의에서 비롯되는 융통성이 없다면
이 테두리 영역까지 법을 만들어야 하고
그 사회의 법은 불필요하게 복잡해지고
사회비용도 많이 든다
법이란 것도 사회 계약의 결과물이며

성문화된 것뿐이지 사회합의의 일종일 뿐이다
법이 관여하지 않아도 충분히 사회적 합의를 이끌어내고
공감하는 영역이 많은 사회는
훨씬 발달되고 앞서가고 화기애애한 사회이다
법의 감시가 조금이라도 닿지 않으면
금방 합의가 되지 않는 사회는 선진사회와 거리가 멀다
예를 들면 협동심, 의리, 질서 의식, 신뢰, 인사, 예절,
모르는 사람에게 함부로 대하려 하지 않는 마음, 기부, 성금 등
이런 것들이 법의 테두리 밖에서 벌어지는 미덕이요
사회적 합의의 영역인 것이다.

#136
지혜가 느껴지는 문학이 필요하다

현대인에게 맞는 '문학 장르'가 없다
시는 너무 어렵고 소설은 너무 길다
시는 이해하고 위로 받기까지 과정이 길고 지난하다
소설은 재미있으나 주제 파악은 또 다른 작업이다
바쁘고 스트레스와 과중한 업무에 시달리는 현대인에게
간편하고 빠르게 인생의 지혜를 전달할 수 있는
새로운 장르가 필요하다
잠언보다는 길고, 어려운 함축은 적고
스토리가 장황하지 않은 '엑기스 문학'이 필요하다
어려운 시를 읽고 많은 스토리를 접했다하더라도
깨달음이 비례하는 것은 아니다
인생의 깨달음을 편안하고 쉽게 전달할 수 있으며
실제 인생살이와 감이 와 닿는 문장이 있는
그런 '새로운 장르'가 필요하다.

50가지 어려운 것에 도전하기

1. 돈이 없으면서 행복하기
2. 돈이 많으면서 겸손하기
3. 돈이 없으면서 당당하기
4. 돈이 많으면서 금욕적인 생활하기
5. 운동 하지 않으면서 건강하기
6. 욕심 버리면서 성공하기
7. 돈을 많이 쓰면서 저축하기
8. 월급 타면서 부자 되기
9. 두려움 없이 도전하기
10. 도전 없이 성공하기

11. 실패하고 재기하기
12. 용서할 수 없는 것을 용서하기
13. 참을 수 없는 것을 참아내기

14. 몸이 아프면서 내색하지 않기
15. 긴 세월 기다리기
16. 무리하지 않고 성공하기
17. 술, 담배 마음껏 하면서 장수하기
18. 잘하는 게 없어도 만족하기
19. 돈이 안 벌리는데 웃기
20. 크게 성공했는데 자랑 안하기

21. 남 따라 살지 않기
22. 남 따라 살면서 행복하기
23. 남 쫓아가면서 부자 되기
24. 오랜 습관 고치기
25. 중독에서 벗어나기
26. 가난 탈출하기
27. 돈 많이 안 쓰면서 사랑하기
28. 한 점 부끄럼 없이 살면서 부자 되기
29. 위험한 일 안하면서 돈 벌기
30. 착한 마음으로 살면서 부자 되기

31. 작은 것에 만족하면서 부자 되기
32. 높은 지위에 올라가서 아랫사람 무시 안 하기
33. 남을 잘 믿으면서 사기 안 당하기

34. 사기꾼 개과천선시키기
35. 실패하고도 세상 원망 안 하기
36. 큰 불행 당하고도 종교 안 믿기
37. 가진 것 없지만 남 부러워하지 않기
38. 가난하지만 남도와주기
39. 무한경쟁으로 따뜻한 사회 만들기
40. 경쟁사회에서 쿨하게 살기

41. 과하면 과할수록 더 좋은 것 찾기
42. 부족하면 부족할수록 더 신나는 것 찾기
43. 학연 혈연 지연 선후배 안 따지고 인재 등용하기
44. 높은 지위에 올라 자기희생하기
45. 생면부지의 사람에게 은혜 베풀기
46. 자기가 유리한 위치에 있는데 조건 없이 양보하기
47. 양보하면서 즐거워하기
48. 학원 안 가고 입시 준비하기
49. 오래전 은혜 갚기
50. 권력이 있는 자리에 있으면서 권력을 자기 것이라고 생각
    하지 않기

#138

혁명의 속성은 권력욕

혁명의 속성은 대중과 함께 가는 것이 아니다. 대중 위에 군림하는 것이다. 혁명은 대중을 앞에 내세우고 대중에 대한 사랑으로 한없이 이념을 포장하지만 사실은 숨어 있는 권력욕을 더욱 교묘하게 위장하는 수단일 뿐이다.

혁명 후에 혁명가들이 번쩍거리는 권좌에 앉아서 그들이 타파했던 전 시대의 권력자들과 비슷한 행보를 하는 것을 보면 증명된다. 그들에게 대중에 대한 사랑은 그들의 권력욕에 대한 합리화와 포장의 수단일 뿐이다.

그들의 혁명을 따라 열광하고 합창하며 따라나서 쓰러져간 수많은 '순진한' 추종자들이야말로 불쌍한 영혼들이다

우리는 대중에 대한 사랑을 포장한 것을 '혁명사상'이라 부르고 그들을 이끄는 사람을 혁명가라고 하지만 혁명가는 오직 권력에 대한 엄청난 욕망으로 가득한 사람들이다.

10대, 존중받아야 인생의 중요한 시절

자라나는 아이들에게도 인생이 있다
공부를 빌미 삼아 경쟁과 선행과 입시 중압감으로
아이들의 인생을 통제해서는 안 된다
교육은 아이들의 '배우는 시절'의 인생도
염두에 두고 배려해야 한다
10대의 시절도 분명히 다른 시절과 똑같이
대접받아야 할 인생의 중요한 시절로
존중되어야 한다는 것을 깨닫는 것이
창의적인 교육과 인생의 출발점이다.

#140

'쿨 선진국'

◊
◊
◊
◊

이곳 저곳에서
쿨한 에피소드가 많이 있는 사회가 진정한 선진사회다
'쿨하다'라는 것은
딜deal을 잘하면서도 어느 정도 손실을 용인하면서
딜을 한다는 뜻이다
손실을 전혀 용인하지 않고 끝까지
최대한 자신의 이익에 집착할 때
'쿨하지 못한' 추잡한 더티플레이가 나온다
자기의 이득을 주장하다가도
상대가 존중할만한 사람이면 결정적인 순간에
슬쩍 양보해 주고 태연한 모습을 보이는 것
이것이 '쿨한'거래다
가난하든 부자든 배운 사람이든 배우지 못한 사람이든
살아가면서 이런 '양보의 딜'을 한두 번쯤은

해 주는 사람들이 많은 사회
이런 사회가 강한 사회요 '선진사회'다
일반 사람들이 다 '쿨'할 수는 없지만
생각보다 꽤 많은 쿨한 사람이 있는 나라
그 나라가 진정한 선진국이다.

#141

스스로의 자각하는 지성

민도는 집단지성이며
한 사회의 건강한 집단지성은
학교에서 배운 것이나 방송, 신문에 실려 나오는 지식을
따라가는 것만으로는 되지 않고
스스로 자각하는 지성으로
세상을 파악하는 능력이 있어야 길러지고 형성된다
이러한 능력이 많이 부족할 때
우리는 집단지성이 허약하다거나 민도가 떨어진다고 말하게
된다
물론 학교나 방송 같은 언론이
리더십을 갖고 관심을 갖는 다면 도움이 될 수 있다.

소통이 존재하는 사회

건강한 사회는 서로 간의 텔레파시가 많은 사회다
서로 미사여구로 법석대지 않아도
상대를 존중하려는 정직하고 의로운 마음이
말없이 통하는 것이 텔레파시고
무언으로 소통하는, 뜻밖의 공감의 마음이
자연스럽게 통하는 것이 이심전심이다
이 무언의 따뜻한 소통이
곳곳에서 많이 존재하는 사회가 선진사회다
마음과 마음이 텔레파시로 은밀하게 전달되는 사회가
건강한 시민의식이 살아 있는 사회다.

#143
합리적인 '집단지성'이 필요하다

시민의식이란 봉건제도를 타파하고 시민사회를 성립시킨 이념이다. 현대를 살아가고 있어도 시민의식이 아직 봉건적인 사상에서 완전히 빠져 나오지 못하면 그만큼 아직도 완전한 '현대'라고 말할 수 없다. 또한 아직 선진국이라고 할 수 없다.

러시아나 중국이 사회주의를 완전히 버리지 못하고 서구 민주주의를 받아들이지 못하는 것은 아마도 국민들이 여전히 봉건사상에서 완전히 빠져나오지 못하고 있다는 자신감의 결여 때문이 아닌가 생각된다. 그들이 자신들에게 맞는 민주주의를 건설하겠다고 하지만 사실 속내는 국민의 '민도'에 대한 불신과 의구심이 자리 잡고 있다고 생각한다.

한 사회가 서구선진국 수준에 가까운 민주주의를 구축하려면 근대 시민의식을 가진 국민이 몇 퍼센트인가에 따라 결정된다고 본다. 그 퍼센트가 낮으면 그만큼 선진국형 민주주의 길이 아직 멀고 그 퍼센트가 높으면 그 길이 가까울 것이다. 일본도 그 퍼센트가 서구선진국에 못 미치기 때문에 경제대국임에도 불구하고 완전한 서구선진국이라 말할 수 없다고 본다.

왜냐하면 일본사람들이 예절이나 준법정신 같은 근대시민 정신의 중요 덕목은 갖추었으나 우리가 '민도'라고 말하는 '집단지성'은 아직도 요원하기 때문이 아닌가 생각된다. 예를 들면 국제적 리더십을 갖춘 인재를 생산해낼 수 있는 합리적이고도 균형감각을 가진 '집단지성' 같은 것이다. 우리도 선진국에 버금가는 '민도 – 집단지성'을 끌어올리기 위하여 애를 써야 할 것이고 여기에는 자신과 자신이 속한 사회를 새롭게 바라보려는 교육과 사회 분위기가 중요하다.

#144
부채질로 새로운 인생을 모색하다

나는 부채질을 좋아한다
여유롭게 부채질하며 이 생각 저 생각하는 게 좋다
부채질을 하면서 여러 가지 의미를 부여한다

첫째, 작은 것을 부채질로 날려버리고 대륙적인 큰 것을 생각
한다.
둘째, 욕심을 날려버리고 평정심을 유지한다.
셋째, 화를 날려버리고 침착함을 유지한다.
넷째, 고정관념이나 틀을 날려버리고 상상력을 불어넣어 새로
운 인생길을 모색한다.

타인을 존중하는 습관이 필요하다

◇
◇
◇
◇
◇

우리 사회는 아는 사람에게 약하고 모르는 사람에게 강하다. 혈연이나 지연, 학연이 연결된 사람에게 약하고 그 연결이 지어지지 않는 사람에게는 강하다. 연줄이 되는 사람에게 인정스럽고 선한 얼굴을 보이지만, 연고가 안 되는 모르는 타인에 대해 무척 매몰차고 무책임하다. 자동차 접촉 사고 시 차에서 나오는 두 타인의 반응들이 대표적인 예다.

그러기 때문에 형, 동생, 오빠라는 가족의 용어로만 불려야만 안심하는 듯하다. 처음 본 사람도 이해관계를 만들어 놓으려면 형님 아우로 부르려 한다. 형님, 아우, 언니, 오빠라는 혈연의 이름으로 불려야만 제대로 성의와 관심과 이해심이 생긴다. 일단 모르는 사람이라 생각되면 아무렇게나 행동하는 사회는 그리 발달된 사회가 아니다.

모르는 타인들에 대해 예절과 의리와 친절을 베푸는 사람이 많은 사회가 된다면 우리 사회는 선진국보다 GDP가 적어도 자부심을 갖고 살 수 있으며, 아마도 세계인들이 존경하는 나라가 될 것이다. 호칭도 아무한테나 선생님, 사장님 붙이지 말고 일본인들처럼 '상' 하나로 모두 존칭이 들어있듯이 미국인들 '미스터' 하나로 존중의 의미가 다 통하듯이 우리도 '씨'나 '님' 하나로 공경의 표시가 다 되는 그런 호칭을 개발하는 게 선진사회로 가는 언어부문의 한 진전이 될 수 있다고 생각한다.

아무 모르는 사람에게도 간단한 '씨' 하나 '님'하나 붙이면 존중이 되고 기분 좋게 하는 그런 사회 분위기 멋지지 않은가.

바뀌지 않는 생각은 언제나 족쇄가 된다

◇
◇
◇
◇

돈 안 들이고 선진국 못지않게 국가의 품격을 높일 수 있다. '돈 들이지 않는 게 어디 있으랴'라고만 생각 하지 말자.

신뢰 지키고 믿음을 주고 쿨하게 행동하는 것도 돈 들지 않는다. 같은 돈으로도 창의적인 발상을 하면 보도블록 교체하는데 열올리는 것보다 훨씬 효율적으로 도시환경을 예쁘게 꾸밀수 있다. 거리 곳곳에 얼마나 많은 아이디어가 있는가? 봉건주의적 관념에서 벗어나 창작활동을 자유롭게 하여 세계인에게 참신한 경지를 보여준다면 그것 또한 돈 안 쓰고 품격을 높이는 일이 될 것이다.

선진국의 무형·유형의 문화상품이나 아이디어상품을 잘 보면 사실 별거 아닌 것처럼 보이는 게 많다.

사실 별거 아닌 거 맞다. 우리도 생각을 바꾸면 충분히 그 분야에서 같이 경쟁할 수 있다. 생각을 바꾸면 돈 많이 안 들이고 히트 칠 수 있는 것이 많다. 바꾸지 않는 생각은 언제나 족쇄가 된다. 빠르게 변화하지 못하는 생각은 국가경제적으로도 항상 큰 마이너스다.

의미 부여 체조

1. 누워 손 팔다리 쭉 뻗기
→ 비상 → 넓은 세계로 날아간다

2. 머리를 베개에 붙여 바닥에 지그시 누르기
→ 하심下心 → 마음을 비운다

3. 무릎 쪽으로 윗몸 일으키기
→ 강한 체력 → 철벽 의지를 다진다

4. 바닥에 허리 붙이기
→ 장막 안에서 천릿길 계획을 세운다

개인혁명

개인의 일생이란
한 사람의 사상이 정립되어 가는 여정이다
그 행동이 무척 개성적일 때
그걸 '혁명'이라고 부를 수 있다

개인의 일생이란
한 사람의 사상이 정립된 결과이자 결실이다.
그 정립된 사상에 따라
개성적인 개인인생행동이 결정지어 진다
정치적으로 행동하는 것만이 혁명이 아니다
개인이 개성적으로 행동하면 모두 혁명이다.

돈의 철학

◇
◇
◇
◇

'쿨하면서 돈 벌 수 없다'에
동의 못 하지만
그래서
'돈 벌기 위해 쿨하지 않겠다'에도
동의할 수 없다.

무협소설의 정신은 '협俠'에 있다
협은 무武가 아니다 자신의 이익을 희생하는 것이다.
진융 〈무협의 정신〉 …

천변만화의 궁리

◇
◇
◇
◇

'이기고 지는 것은 병가에서 일상적인 일이다'라는 말처럼
흐렸다 맑았다 하는 게 인생의 나날들이고
흔히 겪게 되는 일들이다
여기에 우리가 대처할 전략은 천변만화千變萬化다
인생이 예측할 수 없이 변할 때
우리도 천 가지 만 가지로 변화하여
인생의 여러 악조건을 극복해 나가는 것이다
천 가지 만 가지로 대책을 세우려면 궁리도 해야 하지만
무엇보다 창의적으로 궁리하는 게 중요하다
창의적이어야만 천 가지 만 가지
대책이 나오는 것이기 때문이다
창의적이지 못하면 변화무쌍한 대책이 나오지 않는다
그리고 그 궁리를 즐겨야 한다는 것이다
천변만화란 이랬다저랬다 하는 것이다

이랬다 저랬다를 즐겨야 한다
즐기지 못하면 변화하지 못한다
변화하지 못하면 한곳에 머물게 되고
머물게 되면 더 이상 이랬다저랬다 하지 못한다
이랬다저랬다를 즐기면서 천변만화의 궁리를 한다면
분명 신기한 대책이 나올 것이다.

/ 5장 /

행복_ 매우 창의적인 습관

#151

고민을 잊게 하는 세월

고민에게 달려들어 고민을 잊으려고 애쓰는 것은
그리 효율적인 노력이 아니다
고민을 다른 생각으로 관심사를 돌리거나
운동으로 해소하는 것이
보조적인 방법이 될 수 있다
특히 운동으로 땀을 흘리면
고민 해결에 가속도가 붙는다

그런데 운동보다 더 상위의 방법이 있다
바로 세월이다
세월이야말로 고민을 잊는 최고의 명약이다
시간이 지나가면 다 잊히고 용서된다
세월이야말로 나를 관대한 사람으로 만들어 준다
언제나 '세월은 약이다'

뇌세포도 노화한다

우리가 스트레스를 받으며 신경을 많이 쓰고 생활하면
뇌세포의 노화도 촉진된다
신경을 많이 쓰고 사는 것은
계속해서 뇌세포에 망치질을 해대는 것과 같다
뇌세포를 아껴주어야 한다
여유를 가지려 노력하고 성공과 실패, 행복과 불행 모두를
받아들이려는 자세를 갖도록 힘쓰는 것이
뇌세포에 활력을 주고
뇌에 산들 바람을 불어넣는 것이다

느리게 사는 여유가
뇌세포에는 큰 에너지다.

마음을 비워라

매 순간 몸의 근육과 인대와 관절이 피로해지므로
풀어주지 않으면 굳게 된다는 사실을 잊기 쉽다
매일 자주 스트레칭하며 근육을 풀어주고
운동으로 강하게 해주어야 한다
정신은 마음이다
마음도 릴랙스 시켜주어야 한다
릴랙스 시켜주는 최고의 방법은 마음을 비우는 것이다
외부 자극에 대한 자신의 반응이라는 것도
자신의 마음을 비우지 않는 경우 더욱 극심해진다
모든 내공의 귀결은 마음을 비우는 것으로 끝난다
어려운 길이지만 노력할 수밖에 없는 것이
인간의 운명이요 숙명이다
정신이 릴랙스가 되어야만 행복해지기 때문이다.

즐겁게 술 마시는 방법

1. 덕담
2. 경청
3. 칭찬
4. 오버하지 않기
5. 맞장구쳐주기
6. 술자리를 하나의 작품으로 만들기
7. 과음금지
8. 술을 먹지 않을 때 충분히 금주하고 마시는 날을 대비해 체력을 축적한다.

노화와 컨디션

늙을수록 힘은 줄어들어도 컨디션은 좋아질 수 있다
젊은 사람보다 꼭 컨디션이 나쁘란 법은 없다
오히려 노인이 젊은 사람보다 강점이 있다
젊은 사람은 힘이 좋고 활력이 있는 대신
일의 부담이 많고 미래의 숙제도 많고
스트레스도 당연히 많다
그러나 노인은 일의 부담도 없고 숙제도 없어
신경 쓸 일을 줄이면 스트레스도 훨씬 적을 수 있다
단 노인은 전체적인 힘이 없는 만큼
아기들처럼 많이 쉬어야 한다
아기들이 많이 자는 것처럼 충분히 자고
아이들이 많이 노는 것처럼 많이 놀고
아이들이 숙제 없이 천진난만하게 웃고 지내면서
하루하루 보내듯

미래를 숙제처럼 생각하지 말아야 한다
잘 관리하면 아주 고령이 되어서도
통증을 많이 느끼지 않으면서
쾌적한 시간을 보낼 수 있다

그러면
죽음에 이르기까지
비행기가 사뿐히 착륙하듯이
연착륙할 수 있을 것이다.

누구나 병 하나씩은 갖고 산다

병 하나 없으려 하지 말아야 한다
지금 건강해도 언젠가 병은 찾아오는 법
병이 올 때 병을 받아들여야 한다
병의 화두는 '받아들이는 것'
병을 거부하고 저항하지 말고
병과 함께 살아야 한다
그리고 항상 병을 받아들일 준비를 해야 한다.

건강은 순환이다

건강은 순환이다
순환은 흐름이다
몸의 흐름을 느끼고
그 흐름에 맞추어 그 위에
영혼의 배를 띄워라
몸의 흐름이 고요하면
영혼의 배도 거칠 것 없으나
몸의 흐름이 요동치면
영혼의 배도 가라앉는다.

쓰지 않던 몸의 대치 기관을 찾아 사용한다

노화되면서 기관의 기능들이 쇠약해지지만
반대로 많이 쓰지 않았던 기관은 의외로 온전할 수 있다
좌뇌를 많이 쓴 사람은 우뇌가
오른손잡이는 왼손이
앞쪽의 근육보다는 뒤쪽의 근육이
이런 기관들은 일생동안 많이 사용하지 않았던 기관이다
이 기관들을 다시 사용해보는 것도 유용한 일이다
아마도 그 기관들을 많이 사용하면 쇠약해지는 기관을
대치할 수 있는 블루오션이 될지 모른다.

#159

오늘을 살아가는 마음가짐

◇
◇
◇
◇
◇

오늘 하루
내가 10살 늙었다고 생각했다가
내일 아침
원래 나이를 다시 생각해보라

내가 어제 죽은 사람이라 생각하고
오늘을 살아가라.

노년의 멋은 관대함

노년의 의미란 무엇일까?
사실 노쇠해가는 육체와 정신 속에서
무슨 재미가 있겠는가
그러나 노년의 의미는
노년의 멋을 추구할 때 얻을 수 있다
노인의 멋이란
젊은 사람들에게 뒤지지 않으려
아등바등 경쟁하는 것이 아니다
노년의 진정한 멋이란
젊은 사람들에게
늙어가는 좋은 모습을 보여주고 가는 것이다
젊은 사람들에게
관대한 정신과 행동을 보여주는 것이다
이것이 노년의 멋이다.

#161

몸의 소리가 말해준다

정신은 이제껏 축적된 정보가 복잡하게 얽혀서
끊임없이 신경 쓰는 소리가 들리고
육체는 이제껏 피로하게 사용한 대가로
끊임없이 삐걱거리는 소리가 들리는 것
이것이 노년이다.

불면을 이기는 힘은
그 전에 잠이 올때 푹 자둔 넉넉한 잠 때문이지
앞으로 불면을 이길 수 있다는 굳은 의지가 아니다.
〈의지가 아니라 잠〉 …

세월을 그대로 두지 마라

경험이나 여행은 기억이 되고
기억은 추억으로 남는다
추억은 희미해지지만
자부심과 뿌듯한 기쁨으로
가슴 속에 자리 잡는다
경험이나 여행이 없으면 기억할 게 없고
추억도 없다
그대로 세월이 쌓이면
한이 남는다.

오십에 떠나는 여행

◇
◇
◇
◇

50세 이후의 여행은
호기심으로 가는 여행이 아니다
그 여행을 실행하였다는
자긍심과 성취감으로 가는 것이다.

행복은 가만히 앉아서 얻는 것이 아니다
행복은 끊임없이 움직여서 영역을 넓히는 것이다
영역이 넓어지면 행복의 선택권도 많아지고 행복의 영역도 커진다.
〈행복의 영역〉 …

몸도 일종의 기계다

몸이란 사는 동안 잠시 빌려 사용하는
일종의 기계요 물질이다
몸을 아끼지 않고 사용하면 금방 부서지고
몸을 너무 아끼기만 하면
몸이라는 기계를 제대로 써 보지 못하고 죽는 것이다
몸을 너무 망가뜨려도 안 되고
그렇다고 몸을 너무 아껴도 아쉬움이 남는다
적절한 '몸의 부림'이 필요하다
그러기 위해서는 끊임없는 컨디션 조절이 필요하고
끊임없이 몸을 움직이는 것 또한 중요하다.

몸이 기계에 불과하다는 사실을 매 순간 인식하면서 살면 인생이 편해진다.
〈인생이 편해지는 법〉 …

인간만의 신비한 상상력

상상력과 그것이 만드는 꿈이 새로운 것을 창조한다
새로운 것은 상상력이 먼저 만드는 것이지
과학이 먼저 만드는 게 아니다
상상력이 새로운 것을 창조하고
과학이 뒤따라가는 것이다
자동차를 열심히 만들다보면
비행기가 만들어지는 것이 아니고
새처럼 날아다니는 기계를 먼저 상상해서 그리고
그 그림을 바탕으로 과학이 따라가서
그려진 비행기에 부속품을 집어넣는 것이다
상상력은 멀리 떨어진 곳, 높이 올라가는 곳,
한없이 펼쳐진 공간 등 어느 곳이든
나래를 펼칠 수 있으며 그 모든 것들을 아우르고 이어주는
인간의 신비한 능력이고 창조력의 원천이다.

정신과 육체를 '재세팅'하라

우리는 어제의 우리 몸에 대한 기억처럼
오늘도 우리 몸이 어제처럼 똑같이
작동하고 있다고 착각하게 된다
그러나 오늘은 오늘이고 오늘은 어제가 아니며
어제와 다른 새로운 시간이다
오늘 우리가 보는 광경이 어제와 비슷하게 보인다고
어제와 같은 것으로 착각할 수 있는 것처럼
몸과 정신도 어제와 확연히 다르다는 것을 알아야 한다
그렇기 때문에 오늘은 오늘에 맞게
오늘 몸도 어제 몸과 달리
새로운 세팅과 준비조절이 필요하다
새로운 '재세팅'을 위해서는 매일같이
새롭게 몸과 정신을 가다듬어야 한다.

인체는 생물이다

◇
◇
◇
◇

육체든 정신이든 끊임없이 출렁거린다
평온한 상태란 존재하지 않는다
생체에 고요함이란 없다
고요함을 추구하는 데서
불안은 시작된다
생체의 원초적 출렁거림을 직시할 때
불안은 극복될 수 있다.

추억은 과거의 사건이다

추억은 아름다운 기억이다
그러나 어찌 그 과거가
모두 좋은 기억들로만 채워질 수 있겠는가
대부분의 추억에는
약간의 아쉬움과 아련함이 배어있다
그래서 더 아름다운 것이다
아름다운 눈가에 맺혀있는
이슬 같은 눈물처럼
너무 기쁜 기억으로만 가득 차 있는 건
배 터지게 음식을 먹는 것처럼
감명을 잃게 된다
어쩌면 약간의 배고픔이 식욕을 돋게 하는 것처럼
약간의 모자람이 있는 과거가 있는 추억이
더 아름답게 느껴지는지도 모른다.

운동은 고행이다

운동은 보통 사람들이 할 수 있는 고행이다
고행이란 고뇌를 녹이는 용광로다
그러나 이것은 도인의 경지이다
도인의 경지를 보통 사람들이 따라 하긴 힘들다
그러나 그 경지의 느낌은 조금 느껴볼 수는 있다
그것을 느낄 수 있는 지점이 바로 운동의 경지이다
보통 사람들은 운동을 통해서 인생의 고뇌를
많은 부분 녹일 수 있으며
고행 같은 운동으로 기쁨을 만끽하는
구도자 같은 운동 마니아들을 종종 볼 수 있다.

그곳에 가면 그때 그들은 없다

그곳에 가면 그들이 계속 살 것 같지만 살지 않는다

그곳에 가면 그것이 계속 있을 것 같지만 있지 않다

세월이 지나면 모든 것은 변하고 사라진다

그 자리는 변하지 않으나

그 자리에 있던 사람은 없다

남아 있는 건 그 자리, 그 땅뿐이다

또 다시 세월이 흐르고 흐른 뒤

그곳에 가도 역시 아무도 없다

그곳에 있었던 사람들의 들리지 않는 목소리만 들린다

그들과의 추억만이 떠오른다

그것이 세월이다

그 목소리와 그 추억의 흔적은 분명히 있다

보이지도 않고 들리지도 않지만

그러나 있다는 건 느낄 수 있다

여전히 보이는 것은 그 자리 그 땅뿐이다
그리고 그 공간을 차지하고 누르는 세월만 있다.

그곳에 가면 그 노래가 들린다

그때 그곳에 가면
그 사람과 그 노래가 있다
그것들은 그때 그 지점
개인사의 이정표요 랜드마크다
그리고 그 개인사의 위로요 행운이다

그때 그곳을 회상하면
사람과 노래가 떠오르고
그 사람과 그 노래는
내 마음속에 아로새겨 있다

그들을 만났다는 것과
그 노래가 있었다는 것이
그때 그 시간을 의미 있게 만들고

그들과 그 노래가 없었다면
회상하는 그 시절도 없고
삭막한 삶이 되었으리라

지금도
그 사람들이 보이고
그 노랫소리들이 아스라이 들려온다.

눈이 온다

오랜 친구의 먼 추억처럼
아스라이 눈이 내린다
저기 멀리 눈 내리는
뿌옇게 아득한 곳에 가고 싶다
저기 멀리 눈 내려
수증기처럼 끓는 바다에
가고 싶다.

내일이 없는 사람처럼 사는 멋

내일이 없는 사람처럼 사는 노인이 멋지다
이제는 삶에 지칠 법도 하고
삶에 기죽어 할 만도 한데
굴복 안 하고
꿋꿋하게 버티며 사는 노인이
진정 당당하고 멋진 노인이다.
내일이 없는 것 같은 노인은
내일을 두려워하지 않으며
오늘 사는 순간
잠시 내일을 버린다
그에게는 내일을 버리는 강인한 힘이 있다
그에게는 감히 세월에 대항하는
용기가 있다.

행복은 창의적인 습관

소소한 일상 속에서
작은 기쁨을 캐는 것이 행복이다
일상의 구석구석에서 자기만의
다양한 즐거움을 발견하는 습관이
행복의 습관이고 행복해지는 습관이다
행복은 습관이다
매우 창의적인 습관이다.
습관의 도구는 호기심이다
행복은 호기심과 창의로 캐내는 작업이다
행복은 기술이다
즐거움을 캐내는 기술이다
이 기술도 많이 해본 사람이 더 기술이 좋다
다양한 즐거움이 무엇인지 스스로 묻고
끊임없이 캐본 사람이 행복의 기술도 원숙해지게 된다

행복은 매일매일 새로운 장르다
여러 각도에서 즐거움을 바라보고 추구하려 할 때
새로운 행복의 장르가 생겨난다
이 모든 것의 주체는 '나'다
행복은 남이 무엇으로 행복한가하고
궁금해하는 것이 아니라
내가 나 스스로 무엇을 추구할까하고 궁금해하는 것이다
행복은 결단이다
행복은 새로운 방식으로 살 수 있어야 하고
기존의 생활시스템을 과감히 바꿀 수 있어야 한다
결단을 결행해야 행복의 문을 열 수 있고
행복의 여정으로 떠날 수 있다
결단이 없으면 행복의 문을 열고
새로운 세계로 걸어 나갈 수 없다.

두 가지 에너지

스트레스나 역경을 돌파하는 방법에는
두 가지 에너지가 있다
하나는 도전의 에너지로 밀고 나가는 것이요
또 하나는 체념의 에너지로 받쳐주는 것이다
도전과 열정의 에너지는 상승과 전진의 에너지이지만
마음대로 안 되는 상황에 직면했을 때
우리는 체념의 에너지를 사용하여
스트레스와 좌절을 중화시켜
도전과 열정의 에너지를 뒷받침할 수 있다
이 두 가지 에너지를 적절히 사용하면
달성과 좌절을 적절히 관리하여
앞으로 나아갈 수 있다.

선택과 집중은 시간에도 적용된다

모든 시간이 다 행복할 수는 없다

즐거운 시간, 즐거울 가능성이 있는 시점에

노력과 마음을 투자한다

어차피 그 즐거운 시간으로 나머지 즐겁지 않은 시간 동안

먹고 사는 것!

행복의 시간에도 선택과 집중의 전략은 적용된다.

메모와 기록이 역사다

기억하려 애쓰다 잊어버리지 말고
메모하고 기록하라
계획과 성찰에는 메모와 기록이 최고다
끄적거리는 메모와 기록이 당신 인생의 매뉴얼이고
자기방식으로 기록하는 각자의 역사다.

쿨한 인생

베풀어 주고 말없이 떠나오는 것
그것이 쿨한 인생이다
내주고 구시렁거리지 않고
돌아 나오는 것
그것이 쿨한 자의 발걸음이다
알지도 못하는 자들에게
슬그머니 건네주고
아무것도 하지 않은 것처럼
조용히 떠나가는 것
그것이 쿨한 자가 걸어가는 인생이다

쿨한 자가 쿨할 수 있는 것은
쿨한 자는 분명한 자기의 사생관이 있기 때문이다
쿨한 자에게는 오직 살아 있는 상태와

한번 죽는 순간이 중요할 뿐이지
다른 것이 중요하지 않기 때문에
언제든 자신을 버릴 수 있다
쿨한 인생들은 자신의 생명이
남의 생명보다 훨씬 귀중한 것이라고
생각지 않는다.

어떤 사람의 죽음은 태산보다 거룩하고
어떤 사람의 죽음은 깃털보다 가볍다.
사마천 〈사기〉 중에서…

기존 삶에서 벗어나려면

자기가 살아왔던 삶의 패턴을
벗어나기란 무척 어려운 일이다
삶의 패턴은 자기 습관의 뼈와
굳게 연결된 지게와 같은 것이어서
뼈가 된 지게를 걷어내기란
불가능의 영역과도 같다
다만 살면서 지게와 뼈를 분리하려고
부단히 애쓴 자만이
기존 삶의 패턴에서 벗어날 수 있다.

기쁨을 100배 즐기는 방법

풍경을 여러 각도에서 보면 더욱 아름답듯이

기쁜 일도 여러 면에서 생각해보면

더 많이 기쁘다

풍경을 색다른 방향에서 보려 노력하고

아름다움을 모색하는 것이

작가의 예술 작업인 것처럼

기쁜 일도 나에게 더 많은 기쁨을 주도록

여러 방향으로 캐보는 것도

중요한 작업이다

기쁜 사건으로 들어가

이것이 왜 나에게 기쁜 일인지

다양하게 모색해 보고 리마인드하는 것이

기쁨을 100배 즐기는 방법이다.

돈도 쓰는 연습이 필요하다

돈만 들이면 행복이 모두 얻어지는 것은 아니지만
돈이 안 드는 행복도 드물다
행복하기 위해서 적절히 돈도 쓰는 연습도 필요하다
돈을 아까운 줄 모르고 돈을 쓰는 것이 아니라
돈이 아까운 걸 참으면서 돈을 쓰는 것이다
'돈을 버는 것은 기술이요, 돈을 쓰는 것은 예술이다'라는 말처럼.

대부분의 꿈은 나쁜 꿈

나쁜 꿈은 일상이다
드물게 좋은 꿈을 꾸기도 한다
그러나 나쁜 꿈을 꾸었다고
불길한 일이 생기는 것은 아니다.
나쁜 꿈을 꾸었다고 나쁜 일이 있기보다는
아무 일도 없는 경우가 더 많다
언제나 대부분의 꿈은 나쁜 꿈이다
나쁜 꿈에 익숙해지는 게
진정한 생활의 달인으로 가는 길이다.

여유를 가지려 노력해야 한다

나이 들면서 마음이 더욱 급해질 수 있다
말초감각이나 미세 운동성이 떨어지면서
행동이 마음을 따라가지 못해
자연히 마음만 급해지게 된다
느려지고 무뎌진 움직임이
자기의 정확한 상태요 현실이다
마음이 이 상태를 인식하지 못하고 불만스럽게 생각할 때
자연히 마음이 급해지고 초조하게 된다
여유를 가지려고 노력하지 않으면
노년에 더욱 초조와 불안에 시달리게 된다.

두 가지 중 하나

운동을 많이 하면
몸이 닳는다고 걱정하는 이에 대한 대답이다
우리가 선택한 것은 분명하다
'몸이 닳을 것인가' 아니면
'몸이 굳을 것인가' 이 두 가지 중 하나다
불행하게도 닳지도 않고 굳지도 않는 경지는 없다.

비싼 운동기구는 돈으로 살 수 있지만
운동으로 흘리는 땀은 돈 주고 못 산다.
〈운동의 철학〉···

죽음은 삶의 바탕이다

죽기 때문에 사는 것이고
죽을 수 있기 때문에 살 수 있는 것이다
그렇게 언제나 죽음은 삶의 바탕이며
최종 안식처이며
삶을 견인한다.

괴로움이란 항상 달고다니는 악세서리이고
상처는 인생의 훈장이다.
〈괴로움과 상처〉 …

불안은 행동의 실수를 부른다

나이 들어 물건을 자주 떨어뜨린다든가
괜한 고민이 꼬리를 물며 불안해진다면
뭔가 서두르고 빨리 해결하려는
조급함 때문인 경우가 많다
서두르지 말아야 한다
천천히 여유를 갖고 행동하거나
침착하면 행동의 실수나 마음의 불안이
한결 사라지는 것을 발견하게 된다.

'믿는 구석'이 바로 신앙이다

신앙은 따로 있는 것이 아니다
내가 강력하게 믿고 의지하는 신념이나 목표가 있으면
그게 신앙이다
자신의 강렬한 열정을 신앙화하라
그것을 믿고 의지하면 된다
자신의 '믿는 구석'이 바로 신앙이다.

긍정의 힘은 최악의 상황조차
최상의 상황으로 바꿀 수 있는 괴력을 지닌다.
〈긍정을 믿다〉 …

할 수 없을 것 같았던 것들을 이루다

◇
◇
◇
◇
◇

이룰 수 없을 것 같은 꿈을 꾸어
꿈을 이루고
이길 수 없을 것 같은 적과 싸워 이기며
넘을 수 없을 것 같은 산을 올라가
산을 넘는다.
이것이 역사이고 인간들의 위대한 여정이고
장엄한 오케스트라다.

#189

우주와 나

◇
◇
◇
◇
◇

내 처음은 어디였을까

나 태어나 최초로 꾼 꿈속에서 단서를 발견할 수 있을까

내 생의 마지막에 꾸는 꿈은

그다음 세계가 어떤 곳인지 암시해줄 수 있을까

돌아가신 분들은 어디 계신 것일까

지금 꾸는 꿈들은

나를 잠시 어디론가 데려갔다가 다시 이곳으로 데려온다

그곳은 이곳과 어떻게 다른 것일까

나는 느낀다

그곳들은 우주의 어느 한 지점쯤 될 것이다

나는 또 느낀다

우주가 나와 통하고 있는 것을 그리고…

그곳에서 나를 끌어당긴다.

오늘도 나는 그 통하는 통로로 점점 다가가고 있다.

나는 신에게 내 복을 빌지 않는다

나는 신이 나 같은 미물에까지
세심하게 신경 써 줄 거라 생각하지 않는다
그렇지만 지금 온전히 삶을 영위할 수 있는
나의 현재를 준 신에게 항상 감사한다
어쨌든 신 덕분에 여기까지라도 왔다고 생각한다.

개인혁명

1판 1쇄 인쇄 2019년 1월 2일
1판 1쇄 발행 2019년 1월 8일

지은이 조은준

펴낸이 정용철
편집인 이경희 김보현
마케팅 김창현
디자인 ⓒ단팥빵
제 작 금강인쇄주식회사

펴낸곳 도서출판 북산
출판등록 2010년 2월 24일 제2013-000122호
주 소 서울시 강남구 역삼로 67길 20, 201호
전 화 02-2267-7695
팩 스 02-558-7695
홈페이지 www.glmachum.co.kr
이메일 glmachum@hanmail.net

ISBN 979-11-85769-17-2 03810

ⓒ 2018년 도서출판 북산 Printed in Korea.